10
18

12, AVENUE D'ITALIE. PARIS XIIIe

Sur l'auteur

Né à Pula en 1927 et mort à Turin en 1987, Giovanni Arpino fut romancier, poète, nouvelliste, dramaturge, journaliste, critique littéraire, chroniqueur sportif à *La Stampa*, entre autres, et auteur de scénarios pour le cinéma. Lauréat des prestigieux prix Strega et Campiello, redécouvert ces dernières années en Italie, il reste méconnu en France, où seulement quatre de ses livres avaient été traduits avant *Une âme perdue* : *Serena* (Le Seuil, 1961) ; *Un délit d'honneur* (Le Seuil, 1963) ; *L'Ombre des collines* (Plon, 1967) et *Parfum de femme* (Philippe Rey, 2005), adapté au cinéma par Dino Risi en 1974 avec Vittorio Gassman dans un de ses plus grands rôles. *Mon frère italien* a paru en 2011 aux Éditions Belfond.

GIOVANNI ARPINO

UNE ÂME PERDUE

Traduit de l'italien
par Nathalie BAUER

10
18

BELFOND

Du même auteur
aux Éditions 10/18

Parfum de femme, n° 4080

Titre original :
Un'anima persa
publié par Arnoldo Mondadori Editore

ISBN 978-2-264-05201-8

En souvenir de mon ami
Nicola Mannu

Mon Dieu, suppliait-il, montre-moi ma voie, et moi, je renonce à ce rêve de damné !

DOSTOÏEVSKI, *Crime et châtiment*[1].

(Je pense que sans doute tu ne me lis plus. Oui, mais à présent tu sais tout de moi, ma captivité, ce qui l'a suivie ; oui, tu le sais, l'aigle ne peut naître de la souris.)

MONTALE, « Du tac au tac I, 2 »[2].

---

1. Traduction de Léon Brodovikoff, Éditions La Boétie, 1945.
2. In *Poèmes choisis, 1916-1980*, traduction de Patrice Dyerval Angelini, Gallimard, 1991.

Lundi 2 juillet 196…

J'ai toujours eu peur, mais aujourd'hui c'est encore autre chose, aujourd'hui je viens de me réveiller et je sens déjà entre les côtes un tressaillement angoissant qui bat, fait mal, que je n'arrive pas à calmer par la seule force de la raison.

Je dois ouvrir les yeux, regarder, me regarder et enfin me rendre compte que cette peur est absurde, que la chambre où j'ai dormi a beau être étrangère, elle ne dissimule pas de dangers, pas plus que la maison, la rue à l'extérieur, la ville.

Tout à l'heure, un faible grincement du parquet dans la pièce du dessus m'a serré la gorge et le cœur, telle une mystérieuse menace.

Voilà, je soulève à deux mains le drap et m'observe avec la prudence que j'ai appris à insuffler à ces gestes de réconfort rituels.

Allongé, j'ai l'air encore plus maigre ; les plis de mon pyjama neuf collent à ma peau, humides de transpiration, dessinant une suite désordonnée d'éléments géométriques dénués de sens. Au bout du lit, mes pieds, noueux et secs, ridicules avec leurs pâles ramifications veineuses.

J'ai honte de me sentir aussi bêtement vulnérable.

Dans quelques jours, j'aurai dix-sept ans. « Tu entres dans la vie, me dis-je sans cesse, il faut que tu te libères de ces peurs, que tu oublies le pensionnat. » J'y ai échoué parce que j'étais orphelin ; arborant fièrement piscine, infirmerie et ciné-club, ce lieu a trop longtemps introduit dans mes narines une odeur sournoise de soupe aigre : flottant dans les grands couloirs vitrés, elle montait même des livres pour me sauter au visage. Oui, je dois chasser de mon esprit le pensionnat, le visage osseux du professeur de gymnastique qui, dans ses notes trimestrielles, me trouvait gauche et dépourvu de coordination, et le psychologue distrait, orgueil de la direction, qui, au terme d'une hâtive visite de classe en classe, me jugea trop sensible, doté d'une imagination trop vive. Je dois oublier mes camarades, les sobriquets dont ils m'affublaient dans la salle de gymnastique, le respect intéressé qu'ils me réservaient pendant les heures d'étude, car j'étais le meilleur en dissertation et le seul à pouvoir traduire d'un coup d'œil le latin et le grec.

De mes parents, je n'ai guère de souvenirs : j'étais enfant quand ils moururent dans un accident de voiture. Une vieille cousine conserve encore la coupure de presse montrant leurs photographies. Je les ai observées et étudiées des centaines de fois, mais ces visages si délavés et si sévères sur le papier ne me disent rien. Je me rappelle seulement, tel l'écho d'un bruit lointain, les querelles qui éclataient entre eux le soir : je me tournais et me retournais dans mon lit aux montants en laiton, tandis que la voix d'homme, monotone, réprimandait la femme et d'autres membres de sa famille à propos de je ne sais quelles affaires d'argent.

Mon oncle et ma tante m'offriront peut-être cinq ou dix mille lires[1] pour mes dix-sept ans. J'aurai ainsi tout loisir de m'acheter deux ou trois livres, d'aller au cinéma. Mais après. Après les épreuves.

C'est en effet pour passer les épreuves du baccalauréat littéraire que je suis à Turin, chez mon oncle et ma tante. Je suis arrivé hier soir sous une chaleur accablante, dense, qui alourdissait les chevelures déjà poussiéreuses des marronniers d'Inde. Seul un léger souffle d'air, tiède comme du bouillon, pénétrait dans le taxi. C'était le crépuscule. Sous mes yeux défilaient de tranquilles demeures closes, des places et des avenues exsangues, des fantômes opaques dans l'ombre plus concrète des arcades.

Le taxi ralentit au milieu d'une petite rue qui se dirigeait tout droit vers la lointaine colline, de l'autre côté du Pô, et tante Galla apparut aussitôt sur le seuil, gazouillante cascade de bonjours. Ses bras vastes et parfumés se refermèrent sur moi, et j'eus contre mes joues ses joues imprégnées de vieille poudre. Sur les marches, la silhouette tordue et menue d'Annetta, la domestique, me lorgnait. Armé de ma valise, je suivis tante Galla qui ne cessait de parler, et j'empruntai prudemment des couloirs ornés de tapis et plongés dans la pénombre. Il y régnait une odeur de renfermé,

---

1. 1 000 lires = 50 centimes d'euro. *(Toutes les notes sont de la traductrice.)*

d'encaustique antédiluvien, qui s'effaçait par intermittence devant les vagues d'eau de Cologne que dégageait la nuque grasse de ma tante. Je percevais dans mon dos la respiration irrégulière d'Annetta, qui m'avait arraché mon imperméable et mon paquet de livres et de dictionnaires.

Le souffle court, elles me dirent de me coucher sur-le-champ, sans cesser de s'invectiver tout bas l'une l'autre. Quand je fus couché, tante Galla m'apporta un sabayon tiède.

« Mange, reprends des forces, mon pauvre Tino », dit-elle en examinant la pièce comme si elle brûlait d'y trouver des objets à ranger. Heureusement, j'avais déjà vidé ma valise et dissimulé à l'intérieur d'une chaussette mon tube de Simpamina[1].

« Si tu étais arrivé par le train de l'après-midi, tu aurais rencontré ton oncle, l'ingénieur. Il est sorti prendre l'air. Tu as vu cette chaleur ? Il faudrait un bel orage, pour nous et pour les pauvres gens de la campagne. Et maintenant, dors, tes journées de martyre commencent demain », m'intima-t-elle sur le pas de la porte, le doigt dressé, le visage blême dans l'ombre que la petite lampe de chevet ne parvenait pas à forcer.

Elle rejoignit Annetta, qui l'attendait dans l'obscurité, et j'entendis encore un échange animé de chuchotements.

Je m'emmitouflai dans les draps, les genoux remontés presque jusqu'au menton : je voyais avec crainte surgir du noir de cette pièce inconnue les écueils et les pièges des examens. Je tentai en vain de saisir de rassurants

1. Amphétamine.

bruits citadins, de l'autre côté des murs. Retenant mon souffle, je crus percevoir un dernier piétinement feutré à l'étage, ou derrière la porte. Pour me redonner courage, je toussai fort et m'agitai dans le lit. Il y avait, au fond de la pièce, une mince présence blanchâtre, que je m'efforçai d'attribuer à une lampe, à un vase, ou peut-être à une bougie sur une étagère.

J'ai réussi à m'endormir après avoir extrait de ma mémoire des amarres auxquelles m'agripper, en la personne du notaire à qui je rendrais visite, ici, à Turin, une fois mon baccalauréat en poche. Il devrait en effet me dire si l'argent que ma mère m'a laissé me suffira jusqu'à la fin de mes études universitaires. Il paraît que ma mère était riche, et que seul un homme excentrique en affaires comme l'était mon père avait pu réduire à néant une véritable fortune en l'espace de quelques années.

***

Maintenant, je m'observe sous le drap soulevé et je contemple la pièce. Un cube parfait, bourré de vieux meubles de toutes les dimensions, tables, fauteuils à fleurs, étagères surchargées, et revêtu d'un papier peint à grands ramages doré et noir. Ce sont probablement les mites et ce papier peint défraîchi qui produisent les craquements que j'ai entendus cette nuit entre deux sursauts d'épouvante.

Il est tôt, pas encore six heures sans doute, mais la lumière de juillet s'écrase déjà contre persiennes et rideaux.

Ce matin, l'épreuve écrite d'italien m'attend. Je devrais être serein, je n'ai pas besoin de recourir à mes médicaments pour l'écrit. C'est l'idée des oraux qui m'afflige de tremblements indomptables. La perspective de parler et de m'exprimer creuse dans mon estomac un vide écœurant. Tandis que je m'efforce d'inventer et de régler les accents de ma voix, que j'imagine frénétiquement les têtes, les gestes et les attitudes de professeurs inconnus, je m'aperçois que je confonds déjà, en un balbutiement mnémonique, la classification des climats de Köppen et l'action géodynamique des volcans… J'espère que les professeurs ne seront pas trop âgés, ou sourds, ou bien irritables.

« Je peux entrer ? » La voix hésitante d'Annetta se fait entendre derrière la porte.

Un plateau couvert d'un napperon en dentelle et de deux tasses, une grande et une petite, repose entre ses mains.

« Vous êtes un homme maintenant, fait et bien fini, alors j'ai mis dans votre sabayon une dose de marsala, une bonne dose. Et j'ai utilisé notre meilleur café », murmure-t-elle en se frayant un passage entre le lit et la table de nuit.

Elle ressemble à un pauvre chimpanzé déformé par l'arthrite. Derrière ses lèvres ridées, son dentier claque légèrement. Elle a la peau rose et immaculée des religieuses et ses cheveux blancs, très fins, frisent avec désobéissance au-delà de ses grandes épingles.

« Et mettez-vous bien ça dans la tête, vous qui êtes intelligent et qui faites des études, avertit-elle dans un souffle hargneux tandis qu'elle s'affaire autour des rideaux. Peu importe ce qui se passe dans cette maison, peu importe le gaspillage qui règne ici. Mangez, ne vous laissez pas intimider par quoi que ce soit, mangez et fortifiez-vous le corps. Puissiez-vous, vous au moins, en tirer quelque profit ! Votre salle de bains est prête, première porte à gauche. Les serviettes sortent tout droit de l'armoire. »

Elle s'est retournée et elle me regarde, au pied du lit, approuvant d'un signe de tête la cuiller qui s'élève de la tasse et porte le sabayon à mes lèvres.

« Voilà, très bien, m'encourage-t-elle. Et maintenant, buvez votre café bien chaud. Je l'ai déjà sucré. »

Je bois, et elle saisit promptement tasse et plateau de ses doigts difformes. Les paupières fermées, elle se concentre avant de me confier :

« Avez-vous au moins une idée de la vie que nous menons ici ? Vous en avez certainement entendu parler, ne serait-ce que par les langues bien pendues de vos cousins de Cuneo ! Car moi, je suis ici depuis quarante ans et je suis la seule à pouvoir dire que, si la vie est ainsi faite, il doit forcément exister un paradis. Un paradis pour moi et un paradis pour votre oncle et votre tante. Si vous voyez ce que je veux dire… »

J'acquiesce, mais elle ne bouge pas, elle continue de m'étudier, un éclat de lumière dans ses yeux incolores, le plateau en équilibre entre les paumes de ses mains.

« Bon, je file. Le matin, votre oncle se lève avec les poules et toujours du mauvais pied, pauvre créature, lui aussi ! Et ne dites pas que nous nous sommes parlé : votre oncle et votre tante sont de braves gens, je jure qu'ils vous ont attendu ces jours-ci avec une joie que je ne leur avais jamais vue. »

Elle pivote et s'en va dans un mouvement laborieux de ses pauvres épaules emmitouflées. Je reste immobile, le goût de marsala et de café dans la bouche, guettant un quelconque signe de vie. Mais la maison à deux étages est isolée par un maigre jardin, et la chambre de mon oncle et de ma tante se trouve peut-être au-dessus.

Je connais leur secret : un frère jumeau de l'ingénieur, un débile qui vit depuis vingt ans enfermé dans une pièce de cette demeure. J'en ai toujours entendu parler. Lorsqu'ils me rendaient visite à Pâques, au pensionnat, les vieux cousins de Cuneo me racontaient l'histoire de ce parent, de ce malheur, une fois les effusions achevées.

Ils disaient : « Tu serais riche si ta tante Galla, la sœur de ta mère, dont tu es le seul héritier en droite ligne, n'avait pas à sa charge un beau-frère idiot, une créature marquée par Dieu... Il a déjà dû lui coûter une somme rondelette. Dans la vie, il est méritoire et charitable d'éprouver de la miséricorde mais, arrivé à un certain point, on se demande pourquoi et pour qui on a fabriqué des asiles et des hôpitaux... Dans la miséricorde aussi, il faut savoir être prévoyant. Pauvre tante Galla ! Ni elle ni feu sa sœur – essaie de nous comprendre, Tino – n'ont eu de chance avec leurs époux... »

Ils disaient aussi, s'enlevant réciproquement les mots de la bouche : « Ta tante, toujours en adoration devant son mari ingénieur, n'avouera jamais, par amour-propre, l'argent que son beau-frère a englouti en soins, médicaments, manies et caprices... Et son mari ? Un ingénieur, un homme sérieux, personne ne le nie, mais il lui a fallu une belle dose d'orgueil pour imposer pareille croix à sa femme... Quel destin ! Tant qu'il était en bonne santé, ce professeur a vécu en Afrique dans son coin, sans jamais rendre de comptes à personne. Dès qu'il tombe malade, qu'il devient une charge, une contrainte et, entre nous, je peux le dire, une honte, il réapparaît pour sucer – peut-être en toute innocence, mais pour sucer quand même – le sang des vivants... Cher Tino, le fait que ton oncle et ta tante n'aient jamais eu le courage de le montrer ne signifie qu'une chose : ce professeur est un spectacle abominable... La pauvre Galla a donc dû endurer non seulement le préjudice, mais aussi des peurs inimaginables... »

Et ils concluaient avec un soupir : « C'est ainsi que s'en vont en fumée les fortunes que nos ancêtres ont amassées en se privant, en buvant de l'eau et du vinaigre à la place du vin... On a beau dire que c'est la volonté du Ciel, on a beau dire que le Père éternel ne veut pas distribuer santé et argent à tout le monde... »

***

Je me rappelle les images que tante Galla éveillait dans mon esprit, tandis que j'écoutais le souffle plaintif de mes cousins.

Le soir, après ces conversations, couché sur le lit en fer du pensionnat, il m'arrivait d'imaginer ma tante avec des tons et des couleurs incroyables. Elle semblait sortir tout droit d'une page de ce qui était alors mon livre préféré, un album renfermant des reproductions et des dessins de centaines d'animaux.

Soudain, tante Galla se balançait devant moi, non plus femme mais animal gigantesque, une sorte de sirène immense, ridée et éléphantesque, un monstre marin, un iguane bardé de crêtes voyantes, d'écailles d'or et de caroncules, de toutes les grâces – boucles d'oreilles et colliers, bracelets et broches, camées, fermoirs, brillants et velours – qui soutenaient les rides de son cou et ondoyaient telle une cuirasse vivante sur sa poitrine énorme... Ce n'était pas la peur mais cette immensité qui me donnait la chair de poule, parce que cet animal démesuré ne me paraissait ni bon ni mauvais : seulement une forme privée de conscience et ignorante de son pouvoir, un amalgame d'air et de poudre de riz, de soupirs et de réfractions colorées... Son mari ingénieur prenait consistance plus tard, immobile et secret comme ces insectes, sur les murs, dont on ne sait plus s'ils se prélassent au soleil de l'été ou si leurs pattes, antennes, crochets et élytres ne sont que les dépouilles sèches d'une existence perdue.

J'essayais également de me représenter le professeur, le fou. Sans doute parce que personne ne l'avait jamais vu ni décrit, je l'imaginais non pas sous une forme animale, mais tel un énorme amas de substance inconnue, figé dans sa tanière, à laquelle il adhérait jusqu'au dernier centimètre, occupant le moindre espace. C'était une substance vivante, un tas de cellules sombres sans nom ni but qui ne s'intéressaient qu'à elles-mêmes, qui réclamaient sans cesse assistance, eau, nourriture, soins, confort, et obligeaient autrui à les révérer par de constants hommages, par des attentions, par un dévouement absolu et éternel prodiguant propreté, subsistance et insondable bien-être...

***

Soudain, la main de tante Galla bondit. En entrant, elle me surprend devant les odes d'Horace, tranquillement ouvertes sur le revers du drap.

« Notre cher Tino révise déjà. J'ai toujours su que tu étais doué avec ces livres, mais ça me fait de la peine de te voir travailler ainsi. Je me demande où vous finirez par mettre toute cette science, vous, les hommes… Bien dormi ? Tu as pris ton café ? Même si le café d'Annetta, pour être sincère… »

Elle sourit, parle, m'effleure la tempe du bout de ses doigts dodus et affectueux. Dans le soleil laiteux qui se fraie un chemin entre les rideaux, son visage poudré luit comme de la cire. Elle arbore de multiples rangs de perles sur la poitrine, ainsi que des rangées et des rangées de bracelets. Ses cheveux, d'un vieux blond désormais presque blanc, resplendissent, bien coiffés. Un léger peignoir, parsemé de couleurs vives qui s'emballent parmi des nervures dorées, lui descend au-dessous du genou. On dirait le voile d'une odalisque ou le plumage criard d'un oiseau amazonien. Je vous en donnerai du monstre marin, pauvre tante Galla ! Sa réalité corporelle évoque plutôt un gros gâteau, bien digne avec ses arabesques de crème, de chantilly, de cerises et de cédrats confits.

« À force d'étudier, on perd la tête, continue-t-elle de sa voix douce. Tu sais, on pourrait croire que tu es le neveu de l'ingénieur, plutôt que le mien. Vous êtes tous deux si maigres… pas une once de chair sur ces pauvres os ! Et puis, comme toi, il se plonge dans un de ces livres à la recherche de je ne sais quoi au moindre moment de liberté… Et dire que nous avons tous deux passé la cinquantaine… Que peut-on encore trouver de beau à cette vie ? Il est sorti de bonne heure, ce matin, mais il m'a chargé de te dire bonjour. Tu le verras à midi. Ne te laisse pas intimider ! Il est peu bavard et, comment dit-on..., pète-sec... Il porte un tel fardeau de pensées ! Son poste est très important... Et puis, qui sait ? Vous vous lancerez peut-être dans une de ces discussions sans fin qu'ont les hommes... Crois-moi, il te trouve très sympathique, ce qui est extraordinaire si l'on considère sa réputation d'ours. Nous ne voyons jamais personne, cela doit faire un siècle que je n'ai pas reçu de visites. Non par fierté. La vérité, c'est qu'on s'habitue à vivre seul, et quand on se fait à la solitude, on n'a plus envie de se partager avec son prochain... »

Serrant ses doigts couverts d'or sur le rebord du lit, elle ne cesse de parler, interroge et répond en même temps, évoque ma mère, le pensionnat où elle est venue me voir à deux reprises et l'université qui m'attend, puis elle me décrit une nouvelle fois les désagréments de sa nuit blanche, causés par la chaleur et par le bruit de certains tramways qui, descendant rapidement vers le Pô à l'aube, vous volent une heure de fragile demi-sommeil.

« Tu iras au lycée en taxi. Je ne veux pas que tu arrives en nage et tout essoufflé parce qu'il fait chaud ou que tu t'es perdu en chemin. Il est important de se présenter bien mis. Les professeurs savent certainement faire la différence entre les élèves impeccables et les pauvres bougres en manches de chemise. »

Puis, sans refréner son sourire et tout en lançant un regard autour d'elle avec ce plaisir qu'on éprouve lorsqu'on redécouvre une pièce familière dans laquelle on n'est pas entré depuis longtemps : « Avant que tu sortes, je t'emmène voir le professeur par le judas. Tu es curieux, n'est-ce pas ? Il ne te fera pas mauvaise impression, au contraire. Il lui arrive d'être gai, de rire, de grimacer… Ne le raconte à personne, il porte aussi bonheur ! L'année dernière, au mois de janvier, il s'est acharné à lever et à baisser deux doigts pendant que je le regardais, comme s'il se moquait de moi, le pauvre… Eh bien, j'ai aussitôt joué le 2 à la loterie de Turin et j'ai gagné une grosse somme… Mais pas un mot devant l'ingénieur, Dieu nous en préserve ! Il est si sévère… gentil, oui, mais sévère… Et maintenant, prépare-toi, je vais revenir te chercher. Cette maison n'est pas un palais mais, entre l'étage supérieur et l'étage inférieur, elle peut prendre des allures de labyrinthe quand on manque d'entraînement. »

***

Bien que je me sois lavé et habillé avec la rapidité acquise au fil de mes années de pensionnat, j'ai encore ma cravate à la main quand tante Galla réapparaît sur le seuil et, à grands signes, m'invite à la suivre.

Une lumière irrégulière, qui filtre à travers de lointains vitraux, éclaire le couloir, et j'aperçois, dans un recoin plongé dans la pénombre, le marbre blanc d'un escalier. Puis, dans un rayon jaune qui tombe sur lui, l'ingénieur jaillit, immense et noir, tout en os ; seule tache vive, un large col immaculé et plissé sépare nettement la tête du buste.

« Chut ! Qu'est-ce que tu as, de quoi as-tu peur maintenant ? s'exclame tante Galla, furieuse, en se retournant. Tu ne vois donc pas que c'est un portrait de l'ingénieur, ton oncle ? Il doit avoir trente ans. Je le lui ai offert une année pour sa fête, je me demande ce qui m'a pris. Il s'est mortellement vexé. Il n'en a jamais voulu. Je n'ai même pas réussi à le faire encadrer comme il se doit… et si tu savais ce qu'il m'a coûté… Non seulement de l'argent à n'en plus finir, mais des négociations interminables avec ce peintre qui était plus doué pour se plaindre que pour travailler, comme tous les gens de son espèce… Viens, c'est le moment. »

Je me rappelais vaguement l'ingénieur Serafino Calandra sur de vieilles photographies et à l'enterrement de mes parents : ses impeccables cravates avec épingle et perle, sa tête inclinée en de raides signes de salut. Je le regarde à présent dans son costume de grand d'Espagne : les couleurs semblent fondues en une patine dense, uniforme, sur laquelle se détachent ce col immense, un visage émacié et transparent, une main dont les doigts très longs se referment autour d'un livre minuscule, peut-être un bréviaire. Les yeux fixés droit devant lui, grands, brillants, rêveurs, tranchent avec l'attitude funèbre de sa personne.

***

Immobile sur la première marche, un doigt sur les lèvres, tante Galla m'enjoint de monter prudemment. La main courante en chanvre, usée et incolore, s'effiloche par endroits. Je suis étonné de ne pas éprouver la moindre inquiétude, mon souffle est régulier. La forme ronde et placide de tante Galla, qui gravit péniblement les marches en s'appuyant de la paume de la main sur son genou, m'est peut-être d'un certain secours. Désormais, sa respiration est saccadée.

Au sommet de l'escalier, le mur a été récemment blanchi à la chaux, même si des taches grises d'humidité marbrent le plafond. Au fond, une seule porte en bois brillant, dotée de triples verrous eux aussi bien astiqués.

Tante Galla avance sur la pointe trop serrée de ses chaussures en ondoyant dangereusement, une main plaquée sur ses colliers pour éviter que leur tintement ne nous trahisse ; l'autre, libre et agile dans son dos, continue de m'inviter, de m'encourager, elle se balance et se contracte en me suggérant mille précautions.

Tante Galla se penche pour regarder et, au bout d'une minute interminable, se relève. Sans ôter le doigt de ses lèvres, elle s'efface avec un sourire.

Dans la lentille convexe de l'œil magique, je le vois.

Le professeur est accroupi par terre, serré en accordéon dans une vieille robe de chambre sans ceinture. Il pointe le regard vers la porte, vers le judas, comme s'il se savait observé. Ses paupières rechignent à se baisser sur ses yeux profonds et fébriles, une mèche de cheveux gris tombe sur son front, et la chair de son visage est fraîche, tout juste rasée ; nul doute, les plis de sa robe de chambre dissimulent un corps bien conservé. Ses mains sont immobiles l'une sur l'autre, et toute sa silhouette paraît inerte, à moins qu'elle ne vibre imperceptiblement à l'intérieur d'une bulle d'air qui la sépare et la protège du monde.

Son attitude évoque la prière. Mais peut-être est-il perdu dans la contemplation de lui-même.

Dans le judas, je distingue aussi le mur, derrière lui, et l'arête d'un lit en fer, un peu déformés par la distance. La chambre, vraisemblablement orientée à l'ouest, baigne à cette heure de la journée dans une lumière calme qui évoque des limbes.

Les doigts de tante Galla m'invitent déjà à m'écarter quand le professeur s'anime.

Il ouvre la bouche avec une extrême lenteur, et cette cavité obscure se transforme bientôt en un trou grandissant, large, de plus en plus large, en un œil sombre de bête océanique qui efface la peau rose autour, avale le menton, repousse les mâchoires en arrière, les oreilles, le bout du nez, resserre le front au point de le changer en une simple ride…

Sans une palpitation, comme s'il n'avait pas besoin d'air, ce trou, œil, ou orifice d'horribles valves, semble s'être approprié toute la vitalité de la créature assise ; on dirait qu'il la gouverne et donne un but à ses fonctions les plus secrètes. Je le fixe avec crainte et fascination. Soudain, il décoche le dard de sa langue, un rameau rougeâtre qui jaillit de cette obscurité ronde et humide, se rétracte aussitôt, disparaît puis revient et se catapulte vers l'avant, se tapit de nouveau dans sa racine de pénombre…

Je me redresse, l'estomac contracté en un nœud douloureux. Je vois tante Galla se pencher avec avidité vers le judas, les épaules parcourues d'un frisson de satisfaction.

Elle attendra que nous soyons redescendus pour reprendre la parole.

« Tu as vu ce serpent ? dit-elle en me pressant le bras, encore tremblante de plaisir. Quand il décide de faire le serpent et qu'il montre sa langue, c'est un véritable spectacle. Je me demande quels mystères il a dans la tête. Et cette langue toute rose ? Il mène une vie bien réglée, il se porte donc comme un charme, on lui donnerait dix ans de moins que l'ingénieur… J'espère que tu n'as pas eu peur ! C'est un enfant. Avec ses grimaces et ses caprices, ce n'est qu'un enfant. Aujourd'hui, il se prend pour un serpent, demain ce sera pour un chat ou pour un oiseau… Je suis incapable de me l'expliquer, mais on dirait qu'il se sait observé, il n'y a pas de prudence qui tienne. Pauvre professeur, si tu savais combien de postures je pourrais te décrire chez lui… Il lui arrive de relever sa robe de chambre et… Tu es un homme maintenant, tu n'as aucun mal à imaginer ! Mais ce n'est pas sa faute, pauvre et sainte victime ! Et moi, je suis suffisamment fine pour ne pas m'en offusquer. »

Je lui prête une oreille distraite, j'entends sa voix monter et descendre, entre un murmure et un petit rire, et j'enfonce les poings dans mes poches pour maîtriser le tremblement de mes muscles.

« Le plus étrange, Tino, c'est qu'il ne parle plus. Pas un seul mot. Pendant des années il a chanté, il avait une jolie voix délicate. Mais depuis longtemps, silence absolu. Plus une syllabe, pas même à l'adresse de son frère, et dis-toi bien que l'ingénieur est un saint homme. Chaque matin que le Père éternel envoie sur terre, il monte à l'étage, le rase, le lave, lui coupe les ongles, lui apporte son café, refait son lit… Pour sûr, il n'existe pas au monde d'homme plus charitable, capable de se sacrifier à ce point. Dans son malheur, le professeur a la chance d'être épaulé par un tel frère !

Personne ne peut pénétrer dans cette chambre. Seul l'ingénieur en a les clefs. Il lui donne la becquée comme à un bébé, il est aux petits soins... Tu n'as pas idée de l'appétit qu'il a, des attentions qu'il réclame, car il faut avant tout lui tenir compagnie et le distraire de mille façons. Et l'ingénieur a toujours refusé qu'un étranger s'occupe de lui. En vain, je me suis époumonée, les premières années, à lui recommander des personnes habituées à ce genre de cas, des infirmières suisses, des gens dévoués, aux références signées par des princes... Il m'opposait toujours le même refus. Même la fièvre ne l'a jamais empêché de se relever pour soigner son frère, pour ne pas l'obliger à modifier ne serait-ce que d'un cheveu ses habitudes. Grâce à Dieu, ils sont tous deux en bonne santé, quoique maigres, autrement... Quelle heure est-il maintenant ? Vite, vite, appelons ton taxi ! Ensuite je remonte. Si je ne l'observe pas un peu le matin, adieu ! Quand l'ingénieur est à la maison, il est interdit de s'approcher de l'escalier. »

***

Des trois sujets de dissertation que le professeur a lus d'une voix chantante et sifflante dans la classe, j'ai choisi : « La contemplation de la douleur chez Manzoni et Leopardi. » Cela devrait me permettre d'écrire avec plus d'aisance.

J'ai déjà devant moi une feuille de papier format ministre sur laquelle s'étalent quatre longues phrases qui me paraissent bien tournées. Mais je me suis maintenant enlisé et j'observe les nuques penchées et éparpillées parmi les pupitres. En face de la chaire se tient un très jeune prêtre dont le cou frêle tranche sur le noir de ses cheveux et sur celui, encore plus foncé, de sa soutane. Il a sans doute choisi la composition d'histoire et il la rédige laborieusement, les lèvres pincées, barbouillant d'innombrables ratures la feuille qui lui sert de brouillon.

Il n'est pas encore dix heures, je pourrais remplir rapidement trois autres pages, rendre ma copie et sortir. Je sais ce que je dois énumérer et ce que les professeurs attendent d'une dissertation sur Manzoni et Leopardi ; tout est clair et défini dans mon esprit, mais une étrange paresse m'a immobilisé la main. Feignant de réfléchir, je lance un regard à la ronde, me perds dans la contemplation des rectangles de ciel de l'autre côté des fenêtres. Il est d'un bleu très pâle et repose sur une longue ligne de toits que surmontent des lucarnes désertes. Le murmure qui s'élève de la rue est profond. J'ai l'impression d'être ici depuis longtemps ; ces pupitres et ces murs semblent m'offrir un abri inattendu : j'ai beau ne pas connaître Turin, ses places et ses habitants, je n'éprouve pas la sensation désagréable d'y être un étranger, contrairement à ce que les emballements de mon imagination m'avaient amené à craindre.

Deux professeurs se promènent entre les rangées de pupitres, les mains croisées dans le dos. Ils ont des visages blafards, sans âge, des vêtements gris, et marchent en soulevant précautionneusement leurs semelles ; jusqu'à présent, ils n'ont pas échangé le moindre signe. Un air sombre, moisi mais frais flotte dans la salle, et le silence n'est brisé que par quelques soupirs, un raclement de gorge, le crissement soudain d'une plume sur le papier.

Je me penche de nouveau sur la table et me remets à écrire, mais je ne parviens pas à chasser de sous mes paupières et de ma mémoire l'image du professeur accroupi dans sa robe de chambre, sa langue qui jaillit, narguant et provoquant le vide. Je vois tante Galla et Annetta se déplacer et marmonner dans cette maison criblée de couloirs, d'escaliers, de débarras, d'angles morts.

Cette sensation m'intimide, me fait transpirer des mains, m'éloigne sournoisement de ma tâche à accomplir en cet instant précis. Je soulève ma plume et relis avec hargne ligne après ligne.

Je devrais remplacer quelques adjectifs, je pourrais mieux développer la phrase qui parle de la miséricorde chez Manzoni. Bref, il conviendrait de réécrire toute la page, de la parer d'un éclat plus noble.

Or je cède à sa plate évidence, à son opacité privée de stimulants. C'est étrange : j'ai toujours beaucoup soigné la forme de mes devoirs.

Et puis professeur de quoi ? Et par quel mystère en Afrique ? Dans quelle partie de l'Afrique et pendant combien de temps ? Puisqu'on qualifie aussi de professeurs les grands médecins, il était peut-être spécialiste des maladies tropicales, il a peut-être contracté en Afrique, justement, une terrible infection, à moins qu'il ne soit victime de tares héréditaires... Sans ceinture. Oncle Serafino lui donne la becquée. Le rase. Sans doute craint-on qu'il n'utilise ceinture, couverts et rasoirs pour se suicider. C'est sûr, il y a une salle de bains à côté de cette chambre. Et depuis vingt ans, oncle Serafino lave et nettoie non seulement son frère, mais aussi la salle de bains. Vingt ans. Et durant tout ce temps-là, jamais personne, peintre en bâtiment, électricien, ou médecin, n'est entré dans la pièce ? Nécessité et dévouement ont contraint oncle Serafino à s'improviser également médecin, électricien et peintre en bâtiment ? Et tante Galla qui, avec ses poudres, ses voiles, ses fards et ses bracelets, ne reçoit aucune visite, ne sort même pas pour assister à la messe du dimanche... Quels traits de sa personnalité notre sang commun devrait-il me rendre plus familiers ?

La banalité de ces questions me décourage. Je retourne à ma feuille de papier, bien décidé à en finir – au moins, les mots de conclusion se sont imposés à mon esprit dès le début de l'épreuve.

Je peux me lever, remettre ma copie, sortir. Je sais que les deux professeurs et les candidats m'observent avec une curiosité soupçonneuse tandis que je traverse la salle et ouvre la porte. Je m'engage dans le couloir en poussant un soupir de soulagement, devinant que la protection de cette matinée d'examen a pris fin, elle aussi.

Dehors, le trottoir est pauvre en piétons, et j'atteins en quelques pas les portiques de la via Roma. Derrière les vitrines d'un Upim[1], des groupes de femmes se meuvent, l'air ennuyé, entre les rayons.

Le soleil est absolu, il envahit la piazza San Carlo de sa lumière poussiéreuse, dessine dans l'ombre des arcades une armée de demi-lunes éblouissantes. C'est justement en plein soleil que je décide de m'asseoir, à la table la plus extérieure d'une terrasse de café. Aussitôt,

1. « Prisunic » italien.

un serveur surgit d'un coin abrité et me scrute, la main en visière.

Il faut que je me laisse aller à cette chaleur fangeuse, je le sens : je m'abstiens de desserrer le nœud de ma cravate, de chercher un quelconque réconfort dans l'avare bande d'ombre qu'une haie de troènes, autour du café, projette le long des tables. Je m'expose à la réverbération des pavés de la place comme à une réalité enfin concrète, naturelle et donc privée d'hostilité. J'ai presque oublié la matinée en classe, Manzoni et Leopardi, cette page que j'aurais dû embellir et réécrire, et je devine que cette amnésie étrange, illogique, ne me sera pas bénéfique.

Les voitures vrombissent derrière moi, mais je n'ai pas envie de regarder : soudain, cette ville que je ne connais pas et à laquelle j'ai souvent pensé dans de grands élans de désir ne m'attire plus, me paraît lointaine, m'abandonne devant ces pierres, ces portiques, ces rangées scrupuleusement alignées de tables d'un vague bleu ciel – à croire que je suis encore dans la cour du pensionnat, seul à l'écart, ou alors fiévreux dans mon lit, pendant que mes camarades jouent et crient après avoir formé leurs équipes.

Je me demande comment un garçon de mon âge – je m'oblige à réfléchir –, un de mes camarades de classe, décrirait à ses amis tante Galla, le professeur, cette ridicule maison hors du monde, ce qui m'est arrivé entre hier soir et ce matin. Il les ferait rire à s'en décrocher la mâchoire, il serait le premier à pouffer.

Il est possible que je rie, moi aussi, dans un recoin secret de ma conscience, et que, quelque part, mon anxiété habituelle m'invite à penser à mes examens, à réviser chimie et littérature latine, les sujets de géographie, Kant et certains chants du *Paradis*, bref, tout ce qu'il me faut entasser et classer dans ma tête avant les oraux... Mais, ici, j'ai les nerfs dans un tel état que je suis incapable de rire, incapable de m'attarder sur la pensée des épreuves.

Je peux suivre les gens qui vont et viennent sous les arcades, qui s'immobilisent un instant au coin de la place, indolents et fatigués par le soleil, devant le kiosque à journaux couvert d'affiches bariolées.

Je plonge ma cuiller dans mon long verre rempli de glace, un mélange de crème et de café, cependant j'ai toujours au fond des yeux cette maison, l'escalier, les pas prudents qui m'ont conduit à l'œil magique. Je revois le papier peint de la chambre où j'ai dormi. Je ne me rappelle plus si l'or et le noir forment des ramages ou plutôt un enchevêtrement d'ailes et de queues de dragon. Je ne sais pas à quel endroit précis, à l'est de ce café, se situent la maison et son jardin sauvage, et pourtant c'est le seul endroit de la ville qui me soit familier, même si la nécessité d'y retourner m'apparaît comme une injuste condamnation.

Je me dis que, à midi, je verrai mon oncle ingénieur, Serafino Calandra, pareil à son frère à l'étage supérieur, mais sérieux, lui, sérieux, digne et sensé, doté d'une bouche qui ne s'ouvre que pour parler, d'une bouche comme toutes les autres.

***

« C'est donc toi, Tino, notre futur bachelier, notre candidat à la maturité[1] ? Bizarre, n'est-ce pas ? Comme s'il était possible de mûrir, dans cette vie... Telles sont les embrouilles de notre célèbre vocabulaire. Des euphémismes, voilà ce que nous sommes. Des euphémismes. »

Sur ces quelques mots de salut, il m'a tendu une main fine et blanche comme la neige, cette même main qu'il glissait dans des gants en fil très spéciaux au cours d'un été de sa jeunesse au bord de la mer, ainsi que me l'a raconté tante Galla.

Une fois assis à table, il a continué de fixer sur moi ses pupilles noires et tendres sans toucher à la nourriture, ou presque. Tante Galla n'a cessé de l'y inviter en des termes qui trahissaient un vieux refrain, mais il s'est borné à lui adresser des « merci » las, des « non » chuchotés. Et lorsqu'elle a haussé un peu le ton pour blâmer un tel manque d'appétit tout en s'activant autour du plat de civet de lapin, il l'a interrompue placidement : « Puisque tu as la bouche ouverte, pourquoi ne proposes-tu pas à notre candidat au baccalauréat de se resservir ? »

Tante Galla a poussé un de ses habituels petits rires satisfaits, et Annetta, qui passait derrière ma chaise, n'a pu s'empêcher de m'assener un coup de coude et de me souffler d'une voix rauque : « Mangez donc, courage, servez-vous ! Heureux les derniers ! »

Oncle Serafino n'a repris la parole qu'une seule fois. Le regard perdu sur les gigantesques cadres de bois et de plâtre dorés qui encombrent les murs de la salle à

1. Le baccalauréat, en italien, se dit « maturité ».

manger, il a dit du bout des lèvres : « Comme c'est étrange, on n'a pas senti le parfum des tilleuls cette année… »

Et me voici maintenant sur mon lit, révisant avec paresse une page de chimie consacrée au calcul du nombre d'oxydation. « Quand on a des composés complexes, dont les atomes sont unis par des liens en partie hétéropolaires, en partie covalents et datifs, on détermine le nombre d'oxydation en attribuant tous les électrons de valence à l'élément le plus électro-négatif… »

À peine prononcées, ces phrases et ces formules se déforment, s'envolent ; on dirait qu'elles refusent de s'ancrer en moi, n'acceptant de franchir que la rangée de mes dents. Le papier peint n'exhibe ni dragons ni ramages, juste une trame irrégulière et fanée de dessins jaune et noir. Les dossiers des fauteuils, ainsi que le dessus de la table et les armoires, çà et là assombris et patinés, trahissent l'œuvre lente du temps. Les objets qui ornent les étagères sont associés sans la moindre logique, le pied d'un vase jouxtant un couple de danseurs en porcelaine, une bonbonnière frappée du profil de Pauline Bonaparte, une bougie, un chaton en onyx et une boîte en laque sans couvercle, écaillée…

Annetta m'a déjà apporté un second café et a recommencé à se plaindre. Il semble que le professeur, servi le premier comme d'habitude, a eu droit aux meilleurs morceaux du civet. Il déjeune à midi et quart et dîne à sept heures du soir, dès que l'ingénieur rentre du travail. La pauvre Annetta est censée tenir à sa disposition les mets chauds sur un plateau recouvert d'un linge blanc, et gare à elle si elle a une seconde de retard… À son arrivée, l'ingénieur examine le contenu du plateau puis disparaît à l'étage, où il assiste son frère jusqu'à la fin du repas. Le professeur mange de tout, à l'exception des fruits et, depuis un certain temps, des desserts, dont il a pourtant été friand durant des années. Il ne boit pas de café. À l'occasion, il prend un quinquina.

« … Et à table, des vins légers, des poudres diluées dans de l'eau, tandis que les bouteilles de marque s'en vont à l'étage : des vins français, bien entendu, du barbaresco[1] de 1949. Et ce, non par avarice – au moins, l'avarice serait une justification ! Votre tante et votre oncle tiennent tellement à combler le professeur qu'ils ne renoncent à aucun sacrifice, à aucune humiliation… Rien n'est assez riche, assez fin, assez précieux pour lui, pour cette bouche. Il finira par nous enterrer tous, mais il comprendra alors ce que signifie l'asile, s'il y a encore une justice en ce monde ! Je me demande qui, de nous ou de lui, est le plus fou ! »

Elle n'a pas pu se retenir, laissant échapper les bribes vénéneuses d'anciens et incroyables épisodes : le jour où tante Galla fit confectionner pour Noël des tortellini en forme de cœur que le professeur dévora du premier au dernier, celui où l'ingénieur refusa de s'alimenter et de se coucher pendant près d'une semaine parce que son frère avait une grosse fièvre…

« Pour être fou, il est fou, mais il est aussi gâté, et nous sommes tous obligés, chaque jour, de nous creuser la tête pour lui offrir des mets plus raffinés les uns que les autres, a conclu Annetta en levant au ciel ses prunelles délavées. À propos, tenez-vous prêt pour ce

1. Vin produit dans la région de Cuneo.

soir. Ils ne vous ont rien dit ? Eh bien, vous verrez un de ces spectacles… Ne me posez pas de questions, par pitié, ne me forcez pas à parler. »

Je revois les yeux d'oncle Serafino. On dirait que la miséricorde humaine les a dessinés de sa propre main. Ils se posent sur les objets comme ceux de certains saints se posaient autrefois sur un animal, un arbre, une créature innocente. Ils brillent d'une douceur qui ne faiblit jamais, une douceur apparemment infinie qui en devient gênante à la longue.

Il possède une voix suave aux accents tantôt rauques, tantôt minaudiers et aigus quand il veut souligner un mot destiné à l'ironie. Il agite ses magnifiques mains en des gestes parfaits, et seul son index dressé, seule sa paume délicate qu'il renverse lentement trahissent de temps à autre une ombre de vanité.

Cependant, malgré son teint brouillé par l'insomnie, beaucoup moins frais que celui du professeur, malgré ses épaules déjà voûtées et les rides qui creusent un triangle entre ses sourcils, oncle Serafino ne m'a jamais semblé être un homme.

Comment m'expliquer ? On dirait un être humain encore inachevé, un acteur arraché à son masque, à ses fards, à ses déguisements. Ou alors un homme qui brûle secrètement de sortir de lui-même et qui n'exhibe sa personne, les fragments minuscules du cocon mortel dans lequel on l'a enfermé, qu'au prix d'une douleur infinie et d'une humiliation constante.

Mais je me laisse peut-être aller à mon émotivité habituelle : je devrais savoir lire, sous cette douceur et cette incomplétude apparente, les marques les plus voyantes de l'esclavage que son frère lui impose, ainsi que les stigmates du sacrifice à l'enseigne duquel l'homme a placé sa vie.

Tante Galla voue une véritable adoration à son mari. Elle ne l'appelle jamais par son prénom, mais par son titre d'ingénieur, elle le suit, le surveille, le regarde de bas en haut tel un gros chien fidèle, toujours prêt à lui faire fête, qui jappe et agite les breloques que son maître lui a accrochées au cou. Annetta n'est pas en reste, malgré ses bougonnements. Elle arpente la pièce, épie la table de loin, du coin le plus reculé, va et vient comme en proie à un tourment qui ne lui laisse jamais de répit. Enfin, elle s'approche pour jeter un énième regard aigri sur l'assiette vide de l'ingénieur, soupire et se console en ôtant des couverts désormais inutiles, en déplaçant les corolles des zinnias qui reposent dans le vase, en s'affairant autour des fruits de manière à rendre une pêche mûre plus appétissante, carrément irrésistible, dans son équilibre précaire sur le dressoir.

Je me demande ce que signifiaient ses mots « tenez-vous prêt pour ce soir ». Mais je ne ressens pas le tressaillement intérieur et l'effroi qui constituent les symptômes les plus évidents de ma peur. Malgré tout, la présence de tante Galla propage en cercles concentriques une aura de tranquillité bovine.

Il faut maintenant que je me plonge dans ce livre de chimie et que j'oublie tout le reste. Chimie et physique, physique et chimie, à réviser le plus possible : ce sont mes points faibles, et je ne veux pas gaspiller l'avantage que me donne cette chambre, où je peux me concentrer et travailler calmement jusqu'à la fin des oraux.

Un instant, j'ai cru entendre un lointain craquètement de cigales. C'est pourtant impossible : il n'y a pas de cigales dans cette ville. Peut-être est-ce la vibration d'un tramway qui traverse plusieurs épaisseurs de murs pour atteindre l'oreille et la tromper.

Je me demande si le professeur dort dans sa chambre, apaisé par la nourriture et le vin, ou s'il est assis par terre, le regard fixé droit devant lui.

***

Je me lève un moment afin de me dégourdir les jambes et je jette un coup d'œil à travers la fenêtre, maintenant à l'ombre. Elle est dotée d'une grille, comme toutes celles du rez-de-chaussée. Au-delà des quelques mètres du jardin qu'envahit une herbe jaunie, j'aperçois la rue aux larges pavés que la chaleur de juillet a recouverts d'une patine grise.

C'est une rue tranquille, proche du centre-ville mais à l'abri de la circulation, où de vieilles maisons prétentieuses exhibent de minuscules rectangles d'herbe ou de gravier protégés par des clôtures de bois. L'une de ces demeures arbore une petite tour crénelée des plus ridicules, piquée de deux drapeaux de fer dont l'ondulation imite la poussée du vent, une autre affiche de faux balcons à la vénitienne. Elles ont toutes d'hostiles persiennes tirées, leurs portes et leurs grilles sont closes. La coupole d'un gigantesque magnolia jaillit de derrière un mur vétuste. Son feuillage gras, inerte, ressemble à de l'étain. On n'entend rien : ni voix, ni crissement de gravier, ni aboiements.

Me retrouver dans ce coin de la ville me semble absurde, une farce inexplicable du destin. Des mois durant, j'ai rêvé au Turin des grandes places et des usines.

Chaque jour, lorsque je scrutais le carré de ciel au-dessus du pensionnat, je m'enflammais, laissant libre cours à mon imagination : Turin est là, au-delà du Tanaro et du Pô, au-delà des collines, à quelques dizaines de kilomètres, j'y serai bientôt... Sur la carte postale montrant un palais turinois du XVIIe siècle ponctué de niches d'ombre que j'avais en ma possession depuis longtemps, je voyais l'enveloppe d'une ruche bien différente, bourrée de visages, de bruits, d'occasions... Et je me représentais déjà la maison d'oncle Serafino – propriété d'un ingénieur, qui plus est – parmi d'audacieuses constructions, des zones entières d'usines et de gratte-ciel, une maison aux fenêtres et aux terrasses donnant sur des avenues parcourues par des files ininterrompues de voitures.

L'espace d'une minute, j'ai cru découvrir aujourd'hui le sens d'une grande ville, de Turin et de ma propre personne à l'intérieur de Turin.

Cela s'est produit à midi, alors que je m'éloignais du café et que, oppressé par la chaleur, je m'appuyais contre un poteau électrique, au bord d'un quai de tramway, pour reprendre mon souffle. Aussitôt, j'ai senti dans le métal mille courants nerveux, un fourmillement généreux et puissant. Je me suis collé le plus possible au poteau – nuque, dos, bras, paumes –, et ces frémissements m'ont injecté des décharges d'énergie en franchissant la barrière de ma peau. J'ai eu l'impression d'être relié à la ville, en harmonie avec le secret enchevêtrement vital qui vibre et qui crée sous la surface anonyme des murs et de l'asphalte. Je suis là, me suis-je dit le cœur battant, je suis là et il faut que je comprenne, il faut que je m'en sorte, que je bannisse la peur... Pressés contre le métal, ma nuque, mon dos, mes bras et mes mains accueillaient le salut et l'intelligence mystérieuse de tous ces fils, câbles, mécanismes, de toutes les artères en tension qui innervent une ville, lui permettent de grandir, de respirer. Et ce salut, je le savourais seul, à cet endroit et à cet instant précis.

J'ai eu le sentiment de m'être enrichi jusque dans mes muscles, d'être heureux.

Et maintenant, je m'efforce de retrouver ne serait-ce que l'ombre de cette sensation, en vain.

Je ne peux plus voir au-delà du Pô, comme à midi quand je me suis engagé dans cette rue, la colline d'un vert brumeux et flou, ni les cannes à pêche qui produisaient des éclats métalliques le long du parapet. La grille m'empêche de me pencher. Turin est de nouveau inaccessible, absent, étranger. À moins qu'il ne se soit renversé sur moi, tel un verre sur une mouche qui grimpe en vain et arpente ses parois, étourdie par son propre acharnement.

Je regarde le livre de chimie abandonné sur le lit. L'horloge m'indique qu'Annetta ne va pas tarder à frapper, avec sa ponctualité chronométrique, un verre de marsala aux œufs sur un plateau. Quelque part, tante Galla traîne son long après-midi domestique, somnolant sur un canapé, les doigts croisés, le souffle prisonnier de son buste étroit comme une cuirasse.

Peut-être le professeur a-t-il lui aussi une fenêtre, fût-elle grillagée ; s'il ne dort pas, il est possible qu'il voie le fleuve, les pêcheurs appuyés au parapet, ou d'autres recoins vivants de la ville.

***

« Il y a un an, tout juste un an, il y avait encore une cohérence, il y avait encore un peu de logique dans ces films. Mais maintenant, tu as vu ? Rien de rien », a commenté d'une voix inconsolable oncle Serafino, dans notre dos.

Il rangeait le projecteur de cinéma dans son étui en cuir. Le drap blanc pendait encore contre le mur du salon. Annetta s'était éclipsée après avoir regardé, assise au bord d'un fauteuil – comme nous, dans un silence religieux –, les trois petits films que le professeur avait tournés à l'intérieur de sa chambre.

« Le pauvre » : voilà tout ce que tante Galla a su répondre. Sur un guéridon gisaient les pelures des pêches qu'elle n'avait cessé de tremper, quartier après quartier, dans un verre de vin pendant la projection.

« Le pauvre », a-t-elle répété.

Ce soir, j'ai appris que le professeur dispose non seulement d'une caméra, mais aussi d'un authentique arsenal d'engins, deux ou trois microscopes, plusieurs appareils photo, lunettes, jumelles et baromètres en tout genre, boussoles anciennes et hors d'usage, ou très modernes, ainsi qu'un magnétophone. Pas une seule pendule, en revanche : le moindre tic-tac lui occasionne sueurs et tremblements.

« Ces instruments ne l'intéressent plus. Cela fait plusieurs mois qu'ils ne lui tiennent plus compagnie comme autrefois. Il a progressivement cessé de les utiliser depuis qu'il s'obstine à ne plus desserrer les dents. Si tu savais comme ses enregistrements étaient spirituels… Et ce qu'il arrivait à photographier dans les quelques mètres de sa chambre : des choses invisibles pour les gens normaux que nous sommes. C'est la preuve que Notre-Seigneur permet à certains malades d'avoir leur propre monde. Tu verras le genre d'histoire qu'il a pu tirer d'une simple guêpe... », s'était épanchée tante Galla avec passion, tandis que l'ingénieur installait au salon le drap blanc et le trépied du projecteur.

J'ai fait une autre découverte : oncle Serafino a un tic. Qu'il soit assis, debout ou en mouvement, il frotte le pied droit contre le sol. À courts intervalles réguliers, il raidit la cheville puis laisse traîner le pied du bout jusqu'au talon, baissant et relevant rapidement la semelle comme s'il était saisi d'une gêne subite, ou en proie à la sensation d'avoir piétiné quelque chose de désagréable.

« J'espère que tu ne t'ennuieras pas trop, Tino, m'avait-il dit de sa voix douce au moment d'éteindre les lumières du salon pour la projection. Après tout, tu peux prendre cette soirée comme une épreuve du baccalauréat, une étape vers la maturité... »

Le premier film, d'une durée de quelques minutes, avait pour sujet une fourmi.

La caméra nous la montrait dans sa pérégrination fébrile sur le sol, ondulant lorsque l'insecte avançait d'un air belliqueux pour effectuer, hésitant, de brefs pas de danse devant les cratères, les creux imprévus et les crêtes que représentaient les fentes, les pores, les rugosités d'un carreau cent fois agrandi. Au tremblement suspect des antennes correspondait une mise au point brusque et violente, ou floue et affectée, qui transformait la fourmi en un centaure tombant dans un canyon, ou en un mystérieux engin mécanique dont les commandes radio se seraient affolées sous l'effet d'innombrables ordres contradictoires.

L'histoire n'avait pas de chute, de même qu'elle était dépourvue d'un véritable début : un éclat blanchâtre, un frottement plus rapide, à vide, de la pellicule concluaient brusquement l'aventure. Venait ensuite la guêpe.

Elle mourait au coin d'un mur en des spasmes convulsifs auxquels succédaient de longs instants d'immobilité presque totale ou de tremblements tout juste perceptibles. Puis, animé par de nouveaux sursauts, l'abdomen semblait dilater ses striures et les rétracter jusqu'à ce qu'elles deviennent filiformes. Le coin du mur était très propre, comme si le professeur l'avait nettoyé pour offrir à sa victime un décor digne de la solennité de la mort et de son compte rendu visuel. L'insecte était en proie à des secousses douloureuses, à des cabrements de plus en plus rares et violents, désormais entrecoupés de pauses d'une langueur désespérée. Parvenue à la dernière extrémité, sa structure complexe, étalée sur toute la largeur de la toile blanche, n'évoquait plus qu'un enchevêtrement chaotique de membres incapables de réagir à pareil tourment.

Un instant, les doigts enflammés de tante Galla abandonnèrent son verre pour se poser sur les miens, glacés. Nous avons suivi cette agonie et cette mort, retenant notre souffle, indifférents au grésillement du projecteur, puis la guêpe s'est immobilisée et oncle Serafino nous annonça dans un murmure le troisième et dernier film au programme, le seul que le professeur eût réalisé cette année.

Cette fois encore, ce n'était pas une histoire : un rideau s'agitait avec une lenteur exaspérante, répétait ce mouvement dans un petit miroir comme à travers une brume, et s'immobilisait contre une vitre. Aussitôt après, un oreiller apparaissait, creusé par une forme en son centre. La caméra le filmait de loin et de près, de biais et d'en haut, superposant les images en une obsession indicible.

« Voilà. Terminé. » Le soupir d'oncle Serafino nous avait libérés.

Au même moment, l'angoisse qui me serrait la gorge à l'idée de voir la figure grotesquement agrandie du professeur occuper tout l'écran s'est évanouie.

***

Nous nous sommes dévisagés. Le sourire d'oncle Serafino évoquait un masque de défense rendant vaine toute tentative de discours.

« Rien de rien. Le néant. Il faut l'admettre, a-t-il murmuré en détournant les yeux.

— Ces scènes me troublent chaque fois que je les vois ! » a inutilement commenté tante Galla, qui remuait entre les accoudoirs de son fauteuil. Sans un mot, Annetta avait débarrassé, ôtant l'assiette contenant les pelures de pêches, les fruits, les verres de vin.

« Ingénieur, te rappelles-tu le film que le professeur a tourné il y a quelques années à travers la fenêtre, montrant un cheval de trait tout de guingois ? Imagine un peu, Tino, on ne voyait qu'un cheval grand et gros, un de ces chevaux qu'on utilise pour les déménagements. Au début, il se tient immobile entre les brancards puis, dès que les courroies se relâchent, il se met à glisser sur les pavés... Et toi, ingénieur, qui l'interprétais comme une parabole sur les pauvres... »

Oncle Serafino a levé la main et l'a agitée avec agacement comme pour effacer ces mots.

« Tu es fatigué, ingénieur ? » a demandé tante Galla. Mais il s'est barricadé une nouvelle fois derrière son sourire habituel. La fumée de sa cigarette dessinait sur son visage une ombre vague et pourtant solennelle.

« "Je ne suis plus ce que j'ai été. Une grande part de nous a péri[1]", Tino, ne crois-tu pas ? » l'ai-je entendu murmurer mystérieusement, voix perdue s'élevant de l'abri de son fauteuil.

Ses paupières sont tombées sur l'éclat de ses yeux, ses mains se sont refermées sur ses genoux croisés.

« Tu te souviens ? Autrefois, quand tu étais fatigué, tu disais qu'il te faudrait des piqûres de béton pour pouvoir tenir debout, a déclaré la femme dans un rire.

— Ta tante a trop de souvenirs. Il serait peut-être bon de lui expliquer que les gens qui ont de la mémoire sont sans pitié.

— Seigneur ! Tu inventes chaque jour un nouveau proverbe, ingénieur ! Je me demande où tu vas les pêcher », a rétorqué tante Galla, amusée, tandis que les yeux de son époux se perdaient de nouveau dans le lointain.

J'ai senti une sorte d'aridité s'emparer de mon cerveau et gagner mon palais : un filet sableux m'empêchait de prononcer le moindre mot. Peu après, le salut d'oncle Serafino, qui s'était levé pour me souhaiter une bonne

---

1. Ugo Foscolo, « Le Poète parle de lui-même », in *Poésie, proses choisies*, traduction de Robert Vivier, La Renaissance du Livre, 1934.

nuit, m'a laissé entendre que ce trop long silence l'avait déçu.

Nous nous sommes dirigés vers ma chambre. L'ingénieur m'a serré encore une fois la main.

« Qu'est-ce qui t'attend demain ? L'écrit de latin ? Tu dois déjà être aussi résigné que le bœuf qu'on conduit à l'abattoir.

— Voyons, il est très doué ! s'est exclamée tante Galla. De nos jours, on ne voit plus de garçons possédant un tel bon sens. »

J'ai cherché désespérément un mot qui me tirât d'embarras au dernier moment, mais le regard de l'ingénieur m'a glacé le sang.

« Du bon sens ? » Sa voix était aussi tranchante qu'une lame. « On peut combattre les monstres, mais pas le bon sens ! Maudit chevalier Bon Sens ! »

Il nous a tourné le dos et a rejoint l'escalier d'un pas décidé. Je l'ai vu traîner nerveusement le pied droit sur la première marche. Les doigts de tante Galla me serraient le bras en signe de consolation.

Dans l'escalier, l'ingénieur s'est retourné un instant et nous a survolés du regard. Son index tendu vers l'étage m'a semblé immense dans la faible lumière du couloir.

« Je monte jeter un coup d'œil. Je reviens tout de suite. Excuse-moi, Tino. De toute évidence, en vieillissant, je lui ressemble plus qu'à moi-même. »

Son doigt d'ivoire indiquait toujours le plafond. Puis, les épaules voûtées, il a poursuivi son ascension, laissant dans son sillage un méprisant « Je ne vous retiens pas ».

« Nous nous sommes bien amusés, n'est-ce pas, Tino ? s'est hâtée de dire tante Galla, qui se croyait sans doute obligée de me réconforter. Ne te laisse pas intimider par les propos de l'ingénieur. De deux choses l'une, soit il garde le silence, soit il s'exprime ainsi, par satires et énigmes. C'est sa manière à lui de se lier d'amitié, il suffit de le comprendre. »

J'ai réussi à m'esquiver en effleurant précipitamment ses deux joues.

Je me suis enfermé dans ma chambre, j'ai ouvert la fenêtre, livrant la pièce au souffle chaud de la nuit. L'heure de dormir avait tourné comme un aliment aigre. Pour éviter le lit, pour réprimer toute régurgitation de peurs et de pensées, j'ai repris mes livres et ouvert une page çà et là. En vain. Les événements de mes vingt-quatre premières heures en ville se resserraient autour de moi et m'entraînaient, tel un puits infiniment profond.

Mardi 3 juillet

Ce matin, Annetta m'a confié que ma chambre et ma salle de bains se situent juste au-dessous de la chambre et de la salle de bains du professeur. Seul ce plafond revêtu de panneaux en bois qui a pris la couleur de l'encre nous sépare. J'ai objecté non sans mentir qu'aucun bruit, ni de pas ni de quoi que ce soit d'autre, n'a trahi la présence du professeur cette nuit. Et elle a aussitôt rétorqué : « Évidemment, il mange, boit et dort comme un pacha. Il n'a pas l'ombre d'un souci. Pardi, il peut ménager ses forces pour mieux nous tourmenter, nous autres braves gens ! »

Profitant de l'heure matinale, je me suis aventuré dans les couloirs et les pièces du rez-de-chaussée. Soudain, j'ai eu la sensation de me mouvoir parmi les cases et les obstacles d'un imprévisible jeu de l'oie. Les pièces sont bourrées de meubles, de tableaux noircis, d'énormes fauteuils presque toujours dépareillés. Peut-être sont-elles privées de lumière depuis des années. Chaque couloir possède plusieurs portes masquées par la tapisserie. En les ouvrant, je me suis heurté à des placards débordant d'objets – chaises et tabourets de paille troués, malles, balais, portemanteaux et tapis usés, une cage à canaris, et même un casque colonial rongé par les mites. J'ai constaté ainsi qu'Annetta est loin de vouer un culte à l'ordre et au ménage : il y a, derrière ces portes, des monticules de mégots balayés de mauvais gré, des chiffons, des verres et des cendriers cassés, des cordons et des glands de rideaux alourdis par des toiles d'araignée. L'étagère inférieure de la dernière armoire que j'ai ouverte était encombrée de bouteilles à moitié vides, et ces fonds de vins, de liqueurs, m'ont assailli de leur odeur putride.

Pour couper court aux bavardages de tante Galla et surtout à un second examen clandestin du professeur, que je ne saurais comment affronter, je suis sorti sur la pointe des pieds avec une bonne demi-heure d'avance.

En cheminant sous les arcades de la via Po, j'ai entrevu un Turin blême et flétri. Malgré la force du soleil de juillet, les murs des vieilles demeures et les visages des passants paraissaient minés par une tristesse antique. Derrière les vitres d'un café, deux hommes en manches de chemise, chacun armé d'une queue, tournaient avec paresse autour d'un billard. À une station de taxis, les chauffeurs lisaient le journal, les jambes pendant mollement entre siège et portière ouverte. Au bout de la via Po, la place et le palais royal se sont déployés devant moi, telle l'ossature d'un amphithéâtre abandonné : au loin, des feux de circulation clignaient de l'œil dans le vide, des couples de pigeons longeaient les rails du tramway, le vert prisonnier d'une plate-bande ne semblait pas vif mais à peine peint, et les orbites des lucarnes au sommet des immeubles accueillaient sans broncher la lumière du ciel, que les hirondelles parcouraient.

Les voix de mes camarades d'examen, rassemblés devant l'établissement scolaire, ne sont pas parvenues, elles non plus, à m'arracher à cette torpeur. Je les ai observés longuement, assis sur une marche de l'escalier, moins troublé par leur agitation que par ma propre personne. Les petits groupes se formaient et se défaisaient de manière hystérique autour d'un livre, d'un cahier de notes, aussitôt indiqué par telle ou telle main. Même le petit prêtre entrevu la veille courait ici et là en bavardant, une épaule déséquilibrée par le poids de son cartable. Enfin, la porte du lycée nous a tous engloutis.

Entrer en classe m'a redonné le sens du concret. Je me suis assis, j'ai posé mon dictionnaire de latin sur le pupitre, et aussitôt la pensée des examens a balayé de ma mémoire les films d'hier soir et les bruits de pas à l'étage. L'enseignant écrivait au tableau noir le texte à traduire, fignolant méticuleusement les « ae », les « n » et les « m » : j'ai eu le sentiment d'être au bon endroit, enfin responsable de moi-même.

« Tristesse d'une nouvelle vie : *Illorum brevissima ac sollicitissima aetas est qui praeteritorum obliviscuntur, praesentia neglegunt, de futuro timent*[1]... »

Le professeur n'avait pas encore terminé de relire à voix haute les phrases bien alignées sur le tableau noir que déjà je commençais à les traduire, réagissant

1. « Mais ceux qui oublient le passé, négligent le présent, craignent pour le futur, ont une vie très brève et très tourmentée... », Sénèque, *De la brièveté de la vie*, XVI, 1, traduction de Colette Lazam, Rivages, 1988.

joyeusement, ou presque, à l'ancienne provocation du collège qui avait ressurgi dans ma poitrine.

***

L'après-midi, Annetta m'a invité à réviser dans le jardin, auquel on accède en traversant une véranda-débarras encombrée d'outils rouillés.

« Vous aurez chaud dehors, m'a-t-elle dit avec son air complice habituel. Mais, au moins, vous ne perdrez pas de temps avec les bavardages de votre tante. C'est une sainte femme, mais elle mâchonne plus de mots que de pain. Travaillez, pensez à vous ! Oubliez les autres, et si vous avez soif ou besoin de quoi que ce soit, appelez ! N'ayez aucun scrupule ! »

Les chevelures de trois grands arbres forment un toit inégal dans l'espace exigu du jardin : un platane aux branches ici vertes et en bonne santé, là déjà pourries ; un figuier sauvage et un cyprès qui étend ses bras dans un désordre compliqué. De jeunes robiniers essaient de se ménager une brèche dans l'ombre.

Cela fait des années que personne ne s'assied sur ce banc de pierre ou ne nettoie les deux étroites allées qu'étouffent les mauvaises herbes. On se demande comment le figuier a poussé, m'a expliqué Annetta ; à présent, de longues colonnes de fourmis à l'abdomen rouge arpentent son tronc lisse et les bifurcations de ses branches, pour se glisser dans l'herbe roussie par la chaleur. J'ai approché le doigt, et la colonne s'est désunie, les fourmis ont dressé l'abdomen, accélérant férocement le pas.

Le mur de la maison qui donne sur le jardin exhibe des briques nues. Au premier étage, protégée par une grille, se découpe l'unique fenêtre du professeur. Elle est étirée et enfoncée comme celles des hôpitaux et des casernes ; d'en bas, il m'est impossible de voir à travers ses carreaux. Un escalier en bois grimpe le long du mur jusqu'à un petit balcon, qui précède une porte à un battant dotée de ferrures. Fenêtre et balcon sont très proches. Autrefois, semble-t-il, l'ingénieur faisait sortir son frère par cet escalier, tard dans la nuit et seulement l'hiver, pour l'emmener faire des promenades rapides, abolies au fil du temps. Il s'agit là encore d'une confidence d'Annetta, prononcée en toute hâte et presque à contrecœur. En la recueillant, j'ai compris que les blessures de la vieille femme proviennent des épines du présent, plus que de l'accumulation des années et des événements du passé, entassés et escamotés à l'instar des rebuts derrière les portes des placards.

La niche buissonneuse du figuier et des robiniers dissimule une grille qui devrait conduire à la rue. Elle a toujours été condamnée par des doubles chaînes et un cadenas, et il est quasiment impossible de l'atteindre aujourd'hui. Personne ne s'est soucié d'ôter la terre et les branches de l'arbre qui se pressent contre elle, ni même d'en conserver la clef.

Assis sur le banc, j'ai scruté la fenêtre pendant près de deux heures, souhaitant et redoutant à la fois l'apparition d'un signe, d'un geste, d'une preuve de vie. Je n'ai perçu ni voix ni palpitation ; le grondement métallique de la ville lui-même paraissait s'évanouir au loin, liquide et sans substance. Les feuilles du platane pendaient, devant mes yeux, écrasées par la chaleur, tandis que je comptais et recomptais les marches de l'escalier en bois, ou mesurais avec obstination les cinquante centimètres qui séparent la fenêtre du petit balcon.

Un léger heurt contre les carreaux m'a distrait, mais c'était Annetta qui de la véranda m'appelait en haussant les épaules.

« Votre tante vient de commencer une réussite. Quand elle prend ses cartes, plusieurs saisons peuvent s'écouler avant qu'elle ne se lève..., a-t-elle chuchoté d'une voix presque féroce, à travers l'ouverture. Vite, profitez-en, montez donc le voir ! L'escalier de bois est pourri, mais vous êtes léger. Allez, courage ! Si j'avais vos jambes... »

La curiosité qui m'habitait s'est enflammée, balayant rageusement toutes mes craintes.

Je me suis appuyé de tout mon poids sur la première marche pour m'assurer de sa solidité, puis j'ai entamé mon ascension. En me retournant un instant, j'ai aperçu Annetta qui m'encourageait avec force gestes d'impatience.

Je me suis immobilisé à mi-chemin : ce que j'entendais ne pouvait être une voix, ni même une plainte, mais seulement le craquètement étouffé d'une cigale, identique à celui que j'avais cru saisir la veille, dans ma chambre. J'ai avancé le pied avec le plus de prudence et de légèreté possible, en déplaçant mon poids sur la main et le bras que j'appuyais contre le mur. Le balcon se rapprochait, et les cigales semblaient chanter à l'intérieur des briques. La dernière marche a ployé, élastique, sous ma chaussure, mais déjà j'agrippais la balustrade.

Immobile et collé au mur, j'ai dû patienter un long moment, les oreilles bourdonnantes et le souffle coupé, la gorge douloureuse et aussi sèche qu'une coquille.

Un sursaut de peur subit m'empêchait de franchir ce dernier mètre et de gagner l'autre extrémité du balcon, d'où il était facile, en se courbant, de lorgner à travers la fenêtre. J'avais les mains moites, l'estomac serré dans un étau. Or en bas, à travers l'ouverture de la véranda, Annetta continuait implacablement de m'inciter à avancer, à me hâter, remuant les lèvres en de muets reproches...

Alors j'ai poursuivi mon chemin d'un pas lent et raide, laissant le mur chaud et rugueux glisser, centimètre après centimètre, sous mes doigts. Le craquètement secret des cigales n'augmentait pas, mais paraissait plus précis, plus dense et plus proche.

Sous mes pieds, les planches du balcon cédaient un peu ; par chance, sans grincer.

Tandis que je tournais prudemment sur moi-même pour regarder à travers les carreaux, une exaltation violente m'a de nouveau envahi et je me suis penché pour saisir d'un coup d'œil avide le mystère de cette chambre.

***

À plat ventre sur le sol, le professeur observait le carrelage à la loupe. Ses mollets et ses pieds recouverts d'impeccables chaussettes bleu pâle dépassaient de sa robe de chambre.

J'ai vu sa nuque grise, le lit de fer appuyé contre le mur et les draps qui pendaient jusqu'à terre. Au-dessus, une longue étagère en bois bourrée d'objets : un microscope, peut-être un coquillage, d'autres appareils, ainsi que, m'a t-il semblé, une petite trompette jaune en fer-blanc et une locomotive en bois...

Les murs chaulés sont sales, ponctués çà et là de gribouillages, sans doute des inscriptions tracées avec un gros crayon ou un feutre, puis effacées, comme retournées sens dessus dessous, et réécrites. Près d'un pied du lit gisent une liasse de feuilles en désordre, des chaussures bien alignées et une chose verdâtre, ronde, que j'ai identifiée à grand-peine : un melon.

Je pouvais épier en toute sécurité, ou presque : le professeur examinait je ne sais quoi sur un carreau, le dos tourné et parcouru de temps à autre par un frisson. J'écoutais le craquètement des cigales, faible mais désormais très proche, sans parvenir à en distinguer la source.

Puis il a commencé à se mouvoir avec l'extraordinaire lenteur et l'indifférence d'un animal qui s'arrache à sa torpeur. Il a d'abord ramené ses genoux sous lui, regardant un instant encore, désabusé, à travers sa loupe ovale, puis il s'est cambré à deux ou trois reprises pour soulager ses reins douloureux. Une fois debout, les bras ballants, il a considéré lit, chaussures et papiers en désordre, melon. Ses membres, qu'il avait réunis en se soulevant paresseusement, formaient maintenant sous sa robe de chambre un corps noueux, raide et vissé au sol telle la hampe d'un drapeau.

Alors que, reculant un peu, je réduisais par prudence mon champ de vision, il a disparu dans un grand bond léger. Aussitôt, le chant des cigales a retenti, remplissant l'air et mes oreilles de leur terrible intensité.

Un disque, ai-je fini par comprendre, de nouveau plaqué contre le mur, le cœur écrasé par mes côtes.

La vague pleine et solennelle des cigales débordait à travers les vitres, se multipliant et superposant ses nombreux frémissements. Elle a soudain cessé, et un autre son, plus frêle et plus métallique, qui évoquait des clous ou des morceaux de fer qu'on frotte faiblement sur une pierre, s'est frayé à grand-peine un chemin dans le vide.

La peur me figeait sur place ; les épaules et la nuque pressées contre le mur, je voyais à travers un voile humide les dernières branches du platane dans le jardin et les fenêtres closes des maisons de l'autre côté de la rue.

Serrant les mâchoires pour me dominer, j'ai tendu l'oreille, comme si le fait d'identifier ce son, de le rendre familier, pouvait m'être d'un quelconque secours.

Un ressort s'est détendu dans mon esprit : des insectes, bien sûr ! Des enregistrements d'insectes sur disque ou sur bande magnétique, d'abord les cigales et maintenant cette vibration assidue d'ailes, cette rumination de mandibules, ce frottement de pattes et de corps enchevêtrés dans un nid, une ruche, ou peut-être seulement un bocal rempli d'abeilles, de mouches, de fourmis, de libellules…

Je poussais déjà un soupir de libération quand une voix a résonné, aussi tendre que celle d'une fillette :

… ma chandelle est morte,
je n'ai plus de feu,
ouvre-moi ta porte,
*pour l'amour de Dieu** [1].

1. Les mots ou expressions en italique suivis d'un astérisque sont en français dans le texte.

Parvenue à la fenêtre, elle refluait vers l'intérieur de la pièce en s'égarant sur certaines notes comme un balbutiement enfantin. Puis le refrain reprenait, se muait en un gémissement calme et doux, chaque syllabe s'élevant et résistant dans de légers tremblements pour diluer sa goutte de son dans la syllabe suivante.

Je suis resté immobile contre le mur, non plus sous l'effet de la peur, mais honteux d'avoir osé épier, d'avoir obéi à une curiosité malsaine.

Je continuais de fixer, droit devant moi, les feuilles des arbres, qui s'assombrissaient dans la lumière de l'après-midi, et les fenêtres muettes des maisons d'en face, tandis que le chant allait et venait de l'autre côté du mur.

Soudain, j'ai perçu – plus que vu – quelque chose de vivant derrière les persiennes d'une de ces fenêtres. Elles s'étaient entrouvertes, et une lueur laiteuse se déplaçait dans leur entrebâillement : non un rideau ou un voilage, peut-être un bras et une épaule nus, ou la poitrine dévêtue d'une femme qui se retournait, s'attardait, pour reculer, réapparaître et de nouveau se cacher.

Un cliquètement répété contre les vitres a retenti, imprimant un rythme différent au chant du professeur, que je devinais maintenant tout près, juste derrière la fenêtre, c'était le bruit sec d'une pointe métallique, une sorte de signal. Pendant ce temps, la voix enfantine accélérait, répétant :

Au clair de la lune,
mon ami Pierrot,
prête-moi ta plume
pour écrire un mot ;
*ma chandelle est morte**...

Les volets se sont refermés, et la voix du professeur s'est tue. J'ai attendu, troublé par l'apparition de l'autre côté de la rue. Quelle qu'elle fût, elle ne pouvait pas ne pas m'avoir vu debout sur le balcon. Je sentais la transpiration couler sur ma nuque, imprégner mon col de chemise. Mais, au bout d'un moment, j'ai retrouvé le culot nécessaire pour regarder une dernière fois.

Je l'ai vu, du coin de l'œil, debout et de profil au milieu de la pièce. Il tenait à la main un couteau, qu'il s'est mis à agiter lentement en visant le melon. Puis l'arme s'est plantée dans l'écorce, et le fruit s'est balancé d'avant en arrière. Alors la main a agrippé le manche, et j'ai vu le rire muet de l'homme tandis que l'écorce cédait avec docilité, habilement soulevée par la lame.

Les lèvres du professeur ont remué, comme s'il parlait à un individu étendu sur le lit. Pendant ce temps, la pointe du couteau brandissait un premier morceau dont les grains étaient encore mêlés à la pulpe, le tendait vers l'oreiller et le lit telle une aimable offrande, puis le ramenait à lui d'un mouvement taquin…

J'ai redescendu l'escalier sans grande prudence désormais. Annetta n'était plus dans la véranda. Tout en ramassant livres et cahiers sur le banc, je me suis aperçu que j'éprouvais surtout de l'effroi et de la pitié pour ma propre personne. Des lambeaux de pensées se heurtaient et se mélangeaient dans mon crâne, tournoyant comme des papillons de nuit ; à chaque clignement de paupières, de minuscules pointes rouges surgissaient devant mes yeux en une grande et folle danse.

J'ai regagné ma chambre d'un pas de malade.

***

Je n'ai pas entendu la sonnette, mais Annetta qui grognait, hostile, sur le seuil de la salle à manger : « Elle est arrivée. Elle est à côté. »

L'ingénieur s'est levé à contrecœur en appuyant avec lassitude les mains sur la table, tandis que tante Galla laissait mourir la conversation dans une étrange grimace de résignation.

Une voix de femme saluait dans l'antichambre, et je me suis retourné juste à temps pour voir oncle Serafino disparaître dans l'ombre, suivi d'une grande silhouette de femme bariolée, dont le bras nu tenait un gros sac.

« C'est jeudi aujourd'hui, je ne me le rappelais pas », a murmuré tante Galla.

Annetta était rentrée sans mot dire, et j'ai remarqué son visage boudeur, j'ai cru saisir aussi dans ses yeux un regard de réprobation à l'adresse de tante Galla. Elle est allée à la cuisine et en est revenue à deux reprises, comme si elle rabâchait une idée fixe ou s'attendait à une question. Cependant, tante Galla continuait de couper son rôti, de piquer les carottes dans son assiette.

Au bout d'un moment, la vieille femme s'est exclamée : « Il peut arriver malheur à tout le monde. Chaque jour, des accidents de toutes sortes se produisent. Mais elle, rien de rien. Aussi ponctuelle que la malchance !

— Tu ne vas pas devenir grossière d'un seul coup ! » a rétorqué promptement tante Galla, et Annetta s'est éclipsée dans un grand haussement d'épaules.

Je n'ai pas osé poser de questions. J'attendais, les yeux rivés sur mon assiette. La chaise vide et la serviette abandonnée d'oncle Serafino pesaient plus lourd dans le silence que tout discours.

« Dix ans ont passé et elle continue de protester, elle a toujours quelque chose à redire, ô Seigneur ! Comme si c'était elle la maîtresse de maison ! » a ajouté tante Galla. Mais un sourire rassurant réapparaissait à la commissure de ses lèvres.

« Je ne vois pas pourquoi je ne devrais pas te le dire, Tino, a-t-elle poursuivi tout bas sans se presser. Tu comptes t'inscrire à la faculté de médecine, n'est-ce pas ? Alors tu es bien placé pour comprendre. Tu as vu la femme qui est passée dans le couloir ? Une demoiselle, mais oui, une de ces demoiselles auxquelles tu penses. Tous les jeudis à huit heures, pour le professeur. C'est un homme, lui aussi, nous avons dû nous résigner... On ne fait pas la charité seulement à coup de pièces de monnaie ou de verres de vin, voilà ce que je dis... »

Elle trempait soigneusement de la mie de pain dans le jus du rôti. Ayant la mauvaise habitude de manger à toute allure, mon assiette était vide. Pour me donner une contenance et occuper mes mains, j'ai versé un peu de vin à tante Galla, j'ai rempli mon verre et je me suis ressaisi à l'aide d'une longue gorgée.

Tante Galla continuait : « Après tout, c'est certainement une brave fille. J'ai toujours pensé que ce qu'elle fait n'a rien d'amusant. Et comment affirmer que ce n'est pas utile ? Certes, l'ingénieur ne m'a jamais autorisée à échanger le moindre mot avec elle, c'est hors de question ! Mais je t'assure que je n'éprouverais pas la moindre honte à lui offrir un café ou une liqueur chaque fois, chaque jeudi... À bien y réfléchir, elle doit faire de drôles de repas, elle aussi... »

Elle s'est tue un instant, fixant de ses yeux fatigués les grosses larmes de cristal du lustre, puis l'assiette vide de son mari.

« ... Et lui, l'ingénieur, qui ne les laisse pas une seconde en tête à tête ! Il se méfie, et je le comprends, on ne sait jamais ce qui pourrait se produire. Il est possible aussi que cette fille ait peur. Mais je crois qu'assister à pareille misère doit lui faire un sale effet, surtout comme ça, au beau milieu du repas... Je n'ai jamais osé l'interroger : je devine à la façon dont il revient et se rassied comment la chose s'est passée... Pour ne pas créer trop d'habitude, nous avons même pensé, un jour, qu'il valait mieux changer, et l'ingénieur a dû subir l'humiliation d'en chercher une autre, de lui parler, de lui expliquer. Mais, rien à faire ! Le professeur a poussé de ces hurlements... De toute évidence, il s'est attaché à cette Iris, et c'est ainsi qu'elle est revenue. Pour sûr, ce ne doit plus être une beauté et elle n'est certainement pas de la première jeunesse, mais nous avons confiance en elle. Elle va et vient avec respect, on ne l'a jamais entendue dire quoi que ce soit. Elle expédie l'affaire en une demi-heure. Crois-moi, on dirait une infirmière. À propos, Tino, ouvre ce tiroir, il contient une bouteille d'eau de Cologne. Quand l'ingénieur revient, je l'oblige à bien se frotter les doigts. Je ne suis pas du genre à redouter mille dangers, mais prudence et hygiène s'imposent. Du reste, il est presque trop bien élevé : non seulement il raccompagne cette fille à la grille, mais il lui serre aussi la main. C'est comme je te le dis ! Mais en ce qui te concerne, fais toujours semblant de rien. »

***

La nuit est tombée. J'ai réussi à réviser pendant deux bonnes heures, mais la chaleur m'empêche maintenant de dormir. Pas un souffle d'air n'entre par la fenêtre grande ouverte, et rien, pas même un bruit de pas, n'a trahi la présence du professeur dans sa chambre.

J'aurais peut-être dû dire quelque chose, à table, une fois achevé le discours de tante Galla sur la dénommée Iris. Mais quoi ? Et comment ? Que j'ai entendu le professeur chanter, que j'ai gravi l'escalier comme un voleur, qu'un bras ou une poitrine nue est apparu à une fenêtre inconnue ?

Tante Galla a la langue trop bien pendue, et ses confidences à propos d'Iris m'ont déplu. Je l'avais tant appréciée hier soir quand elle parlait du monde impénétrable que Dieu offre à certains malades... Mais est-il prétentieux de ma part de vouloir la juger ? Et à quoi bon ?

La grande familiarité avec laquelle elle me traite ne requiert peut-être de moi qu'un consentement tacite, une absence totale d'implication, de questions inquiétantes. Mon rôle se limite, semble-t-il, à lui apporter un accord tacite et silencieux, à lui prêter l'oreille, rien de plus.

J'avais espéré que je ne revivrais pas en ville ce que j'avais connu au pensionnat, où l'on commentait et amplifiait à l'infini le moindre mal de ventre, la moindre surprise, le moindre incident. Une fois par semaine, nous descendions nous promener dans les ruelles du village aux odeurs de bois pourri, de harnachements de chevaux, de tonneaux renversés au soleil et incrustés de tartre. Je sentais alors la corruption qui frappe hommes et choses m'assaillir de tous côtés. En regardant les faire-part de deuil sur les murs ou les clichés de mariés paysans raidis et stupéfaits dans la vitrine d'un photographe, en me heurtant parfois à une procession de vieillardes squelettiques, ou énormes, couvertes de longs voiles jaune et noir, je me disais : la ville n'a rien à voir avec les pensionnats et les villages, où l'odeur de la mort vous colle à la peau et vous poursuit parce que tout le monde se connaît et que le moindre ennui, le moindre problème familial ou intestinal vous bouleverse, éveillant les tourments et les angoisses de la future victime qu'il y a en vous. Je me disais : la ville vous détourne des autres car elle ne montre que les gens sains, elle dissimule malades, saleté et désastres avec autant de soin que certains animaux enterrent leurs excréments.

Et me voilà obligé d'écouter en silence, comme sous l'effet d'un châtiment, piégé par l'attention même que je suis censé prêter à tante Galla, par la curiosité et la peur qui me poussent vers le professeur ; me voilà impliqué sans disposer toutefois du moindre rôle.

Je n'ai aucune liberté, pas même cette liberté anonyme que l'indifférence citadine offre à tous, hommes et chiens. L'endroit où je me trouve n'est qu'une cellule morte de la ville. Son odeur de matière en décomposition corrompt mes forces, mais j'aspire encore à un renversement de l'ordre absurde qui régit mon oncle, ma tante, Annetta, le professeur, et qui m'a englouti en l'espace de deux jours, ainsi qu'un boa avale un lapin.

Il faut que je prie pour que quelque chose se produise, et vite.

Mercredi 4 juillet

Ce matin, pas de taxi. À l'improviste, oncle Serafino a voulu m'accompagner au lycée en voiture. Pendant qu'il conduisait sans mot dire, tenant le volant du bout des doigts, je voyais sa joue fraîchement rasée, aussi fine que du papier de soie, se froncer et se détendre au gré de la tension de ses muscles.

« *Semper sibi fidelis*[1]. » C'est ainsi qu'il m'a salué d'une voix attendrie devant le lycée, m'encourageant de son sourire angélique qui vibrait un peu aux commissures des lèvres.

Mon Dieu, aide-le, aide-nous et sauve-nous tous ! ai-je pensé, ému, les yeux fixés sur la voiture qui s'éloignait sans hâte au coin de la place.

En classe, le passage de Leopardi dicté pour le thème de latin m'a d'abord inquiété, puis persuadé peu à peu, jusqu'à la certitude complète, que je rédigeais un devoir parfait sur tous les plans, y compris celui du style.

1. Toujours fidèle à soi-même.

« Ce lieu commun, que la vie est une pièce de théâtre, se vérifie surtout en ceci que les hommes s'évertuent sans cesse à parler d'une façon et à agir d'une autre[1]... »

Convaincu d'avoir résolu en beauté certaines difficultés syntaxiques, j'ai quitté le lycée, euphorique, un peu avant midi. Et cette subite légèreté, ajoutée au souvenir de la gentillesse dont j'avais bénéficié le matin, m'a suggéré l'idée d'aller attendre oncle Serafino devant son bureau.

À douze heures précises ont surgi du bâtiment massif qui abrite la compagnie municipale du gaz, où l'ingénieur Calandra travaille depuis de nombreuses années, de vieux employés pressés et quelques filles pâles qui se sont engagées rapidement dans l'avenue pour stationner plus bas, à l'arrêt du trolleybus, en un attroupement silencieux.

Je faisais les cent pas à l'ombre des marronniers d'Inde en guettant l'apparition d'oncle Serafino, de son sourire au sommet de sa longue silhouette. Sur le tympan de l'édifice, les grosses aiguilles noires de la pendule marquaient désormais douze heures trente, et je me rappelle avoir songé avec un brin de satisfaction maligne : tiens, aujourd'hui encore, ce sacro-saint professeur déjeunera en retard !

Seuls quelques individus en groupes de deux ou trois franchissaient à présent le portail et se dirigeaient en bavardant paisiblement vers leurs voitures garées en double file entre les arbres de l'avenue. Voyant un gardien refermer le premier battant, je traversai à toute allure.

« L'ingénieur Calandra est-il déjà sorti ? demandai-je d'un ton inquiet. Je suis son neveu. »

---

1. Giacomo Leopardi, *Pensées*, XXIII, traduction de Joël Gayraud, Éditions Allia, 1996.

L'homme fixa sur moi des yeux clairs et attentifs. Il avait de grosses joues roses et un long nez piqueté d'innombrables points noirs.

« L'ingénieur qui ? »

Il n'attendit pas que j'aie terminé de répéter nom et prénom pour secouer la tête, menton tendu.

« Jamais entendu ce nom, finit-il par dire non sans précaution. Vous êtes sûr de ne pas vous tromper d'adresse ? ou de personne ? »

Il se tenait devant moi, deux doigts glissés entre les boutons de son uniforme. Commençant à perdre contenance, je mentionnai encore une fois le nom de l'ingénieur et sa fonction.

« Écoutez, tous les bureaux du gaz se trouvent ici, coupa court l'homme, plus irrité que soupçonneux. J'occupe ce poste depuis dix ans, ce serait vraiment le comble si je me trompais aujourd'hui sur un nom ou un titre. »

Je ne sais plus quel geste de résignation de ma part l'amena à tourner la tête et à s'écrier : « Hé, Augusto ! »

Survint un vieillard aux yeux enfoncés et aux rides marquées, qui agitait une cuiller dans une gamelle en aluminium remplie de soupe.

« Comment dis-tu ? Un ingénieur Calandra ? Connais pas, répondit-il, impassible, sans détourner le regard de son breuvage fumant. Je me rappelle tous les ingénieurs en chef et en second qui sont passés par ici, morts ou vifs. Et je n'ai jamais entendu parler d'un dénommé Calandra. »

Déjà il ne s'adressait plus à moi, mais à son collègue. Ils se mirent ensuite à chatouiller leurs souvenirs en une longue et laborieuse énumération de noms et d'années. Dans l'obscurité qui s'étendait derrière eux, je distinguais un immense couloir et, au-delà d'une paroi de verre, les museaux blancs et brillants de dizaines de cuisinières à gaz alignées comme des molosses.

« Attends un peu ! reprit soudain le vieillard en s'arrachant à une pause de réflexion. Oui, nous avons eu un Calandra, bien sûr ! Un homme grand, maigre, qui avait plus l'air d'un bourgeois que d'un employé, n'est-ce pas ? Et vous prétendez être son neveu, tout juste débarqué de sa province, bien sûr... Je le croyais déjà mort, cet ingénieur. Cela fait une éternité qu'il ne travaille plus ici. Il a dû prendre sa retraite après la guerre pour des raisons de santé, ou quelque chose de ce genre. En réfléchissant un peu, je retrouverais peut-être l'année de son départ. Vous voulez en savoir plus ? Téléphonez au bureau du personnel. On vous dira tout, y compris sa dernière adresse. Pour le prix d'une communication, vous résoudrez immédiatement votre problème... »

***

À table, pendant que tante Galla discutait à l'écart avec Annetta, je ne sais quelle force secrète ou quel ressentiment inconscient m'a poussé à murmurer : « Je suis venu te chercher au bureau, oncle Serafino. Ce matin. À midi. »

Il a levé les yeux et aiguisé son sourire sans une ombre de contrariété ou de surprise. Aussitôt, j'ai senti mes joues s'enflammer, tandis qu'un aiguillon de remords et de honte me perçait la poitrine.

« C'est bien, Tino, a-t-il chuchoté au bout d'un moment sans cesser de faire rouler sa cigarette allumée entre ses doigts avec une lenteur étudiée, un demi-tour en avant, un demi-tour en arrière.

— Oui ? Vous disiez ? interrogeait tante Galla, revenue s'asseoir.

— Rien de particulier, a conclu oncle Serafino, l'air langoureux et distrait. Ce serait bien que Tino et moi sortions un peu ce soir. Nul doute, tout ce travail mérite une pause. De plus, Turin possède des qualités qu'un jeune homme de sa valeur ne peut ignorer.

— Très bien. Formidable, a commenté tante Galla dont les mains s'unissaient en une esquisse tacite d'applaudissement. Tu verras, Tino : avec l'ingénieur, la moindre pierre, le moindre recoin de Turin racontent une histoire. Il sait combien de voitures, et de quel genre, ont franchi telle ou telle porte cochère, il peut te décrire les personnages, princes, marquis et ministres, qui entraient dans tel ou tel café pour prendre l'apéritif... Cher Tino, ce sont des choses dont j'ai déjà bénéficié, mais cela ne m'empêche pas de t'envier une soirée de ce genre. »

Un peu plus tard, dans ma chambre, mon habituel livre de chimie lugubrement ouvert devant moi, je n'ai réussi qu'à me répéter, plus résigné que troublé : ça suffit maintenant, laisse tomber, pourquoi t'acharnes-tu ainsi, pourquoi te creuses-tu autant la cervelle ? Prends ce qu'on te donne, et c'est déjà beaucoup, contente-t'en et borne-toi à remercier. Tu viens de quitter le pensionnat et tu te mets déjà à fouiller, à fouiner, épiant hier le professeur depuis le balcon, ayant aujourd'hui l'idée saugrenue d'aller chercher l'ingénieur à la sortie de son bureau. Arrête. Que veux-tu ? De quoi te mêles-tu ? Pourquoi te laisser tenter par ces pièges ? Quoi qu'il soit arrivé, quel que soit le mystère qui trouble et agite ton oncle, ta tante et le professeur, tu ne réussiras jamais à l'exposer aussi simplement que deux plus deux égalent quatre. Profite de cette chambre où tu es seul et dont tu pourrais fermer la porte à clef si tu le voulais, pense à tes examens, à l'université et à l'argent dont tu devras parler avec le notaire. Ne te hasarde pas au-delà de la réalité de tante Galla telle que tante Galla t'apparaît, ne passe pas outre à la candeur d'oncle Serafino, qui est insoupçonnable, digne de mille égards...

Un coup à la porte m'a fait sursauter et j'ai pensé : Annetta et son second café. Mais en pivotant j'ai découvert l'ingénieur, muni de deux minuscules verres remplis d'un liquide incolore.

« Trinquons au baccalauréat, à la maturité, a-t-il susurré, les yeux mi-clos, en attendant que je le rejoigne. Une petite liqueur de prune, excellent stimulant à cette heure de la journée. »

Le verre une fois saisi, j'ai été incapable de prononcer le moindre mot. J'ai invité d'un geste maladroit l'ingénieur à s'asseoir dans un fauteuil, mais il avait déjà gagné la fenêtre en quelques enjambées et était retourné à la porte. Il a fini par s'accouder à une étagère.

« Vraiment triste, cette pièce », a-t-il commenté, les yeux levés au plafond.

Je me suis décidé à vider mon verre : la liqueur, fraîche et sucrée entre langue et palais, m'a presque brûlé la gorge.

Oncle Serafino a poursuivi, en frottant son pied droit sur le tapis en un lent va-et-vient : « Ce matin à midi, as-tu dit. Je parie que cet obscène immeuble du gaz n'a pas changé, qu'il est toujours aussi terne et gris, d'un gris qui ressemble plutôt à un vert sale, celui des égouts... »

Comme j'acquiesçais, il a légèrement secoué la tête, pris de pitié.

« Et à l'intérieur, un vrai gruyère. Tu ne peux imaginer les escaliers petits et grands, les mezzanines, les bureaux semblables à des chenils… Le gardien est toujours un certain Augusto ? Un vieillard aux yeux chassieux ? Eh bien, tu ne me croiras peut-être pas, mais je trouve le mot "gaz", oui, "gaz" d'un ridicule ! » Il a écarté les bras, qu'il a laissés ensuite retomber sans vie le long de son corps. « Les termes "ingénieur" et plus encore "géomètre" ou "expert" sont déjà assez comiques comme ça, mais "gaz" et les monosyllabes en général ! Et que dire des apocopes ? "Pneu". Écoute-moi ça : "pneu". Ce son ne te semble-t-il pas irrésistible ? Il faudra que tu voies un jour mes dictionnaires. Je n'en ai pas moins de quatre-vingt-deux.

— Si j'avais su, ce matin… », me suis-je efforcé de dire. Mais un geste rapide de sa main a fait barrage à tout mot superflu.

Comme en proie à une immense fatigue, il a rétorqué d'une voix faible : « Je t'en prie, ne te justifie pas, non, vraiment ! Excuses, précisions, explications, ce ne sont que des pièces sur des vêtements déchirés. Souvenons-nous plutôt d'Homère… Je cite de mémoire, au besoin corrige-moi : "Apaise-toi, mon cœur, tu as supporté bien d'autres tourments… Je te laisse à tes études." »

Il a abandonné l'étagère et, presque malgré lui, m'a pressé l'épaule. Sa main était légère, fragile, sur ma chemise et sur mes os.

« Pourquoi trembles-tu ? a-t-il murmuré avec un brin d'inquiétude. N'aie pas peur. Je peux te faire du bien, sache-le. Ce soir, nous parlerons au café. Quant à ta tante… »

Tout en rougissant, j'ai essayé en vain de le devancer, de l'assurer de ma discrétion par de vifs hochements de tête. Mais il a continué sans me regarder, au prix d'un effort que sa respiration trahissait :

« Elle vit dans son monde de poupées. Une véritable crèche. De nombreuses femmes sont ainsi, et c'est ce qui les rend insubmersibles. C'est un monde logique, pour ta tante. Alors, pourquoi la déranger ? Pourquoi réveiller les belles au bois dormant ? Bien, Tino, je vois que nous nous sommes compris. À ce soir. »

La porte s'est refermée derrière lui sans un bruit. J'ai contemplé la poignée jusqu'à ce qu'elle se relève doucement et s'immobilise.

Quelques minutes plus tard, j'ai entendu sa voiture s'éloigner. J'avais perdu toute envie de m'asseoir devant mes livres et j'ai cédé au violent désir de me rendre une nouvelle fois dans le jardin, de me hisser de nouveau sur le balcon… Mais après avoir parcouru le couloir avec une extrême prudence, j'ai eu la surprise de trouver la porte de la véranda verrouillée. En ôtant la main de la poignée, j'ai constaté que mes doigts étaient souillés de l'huile qu'on avait utilisée à l'évidence pour actionner la clef dans la serrure rouillée…

Seule Annetta est au courant de ce que j'ai fait hier et, logiquement, seule Annetta pourrait me soupçonner en vertu de je ne sais quelles pensées d'avoir envie de répéter cette expérience. À moins qu'oncle Serafino n'ait voulu, en bloquant la véranda, prévenir la curiosité de son neveu.

J'ai regagné ma chambre, peu disposé à réviser la chimie et à occuper le temps jusqu'à l'heure du dîner. En vain, j'ai tendu l'oreille dans l'espoir de percevoir un bruit, le disque des cigales, ou même la chanson de Pierrot. Et tout aussi vainement j'ai lorgné les demeures de l'autre côté de la rue, en milieu d'après-midi, brûlant de revoir la fente entre les volets, la poitrine d'un blanc de neige… Au bout d'un certain temps, une brève querelle a éclaté au-delà du couloir et des salons entre tante Galla et Annetta à propos d'une stupide histoire de cuisine. Leurs voix stridentes se sont poursuivies et confondues pour mourir en un instant, et la maison est retombée dans son épais silence.

***

« Celui-ci », dit oncle Serafino en indiquant un *cannolo*[1].

La vendeuse fit coulisser le panneau de verre, saisit le gâteau et le porta à sa bouche. Tout en mâchant, elle approuva d'un signe de la tête.

« Oui, Rosita ? Tant mieux, je n'aurais pas aimé y renoncer », déclara l'ingénieur avant de s'emparer à son tour d'un *cannolo* et de mordre délicatement dedans.

Je les regardais, assis à une table devant l'entrée du café : pour la cinquième fois, oncle Serafino avait choisi une pâtisserie après que l'employée se fut assurée de sa fraîcheur et de sa qualité.

« Et la "tripolitaine" ? reprit-il en se penchant pour mieux examiner les gâteaux dans la vitrine. Que pouvez-vous me dire des "tripolitaines" ? »

Il pointait le doigt sur une rangée de minuscules coupoles en chocolat creusées par un cratère ou coiffées de petits turbans effrangés.

---

1. Gâteau sicilien en forme de tube fourré à la ricotta et aux fruits confits.

« Non, ingénieur, je vous en prie. Pas de "tripolitaine", je viens juste de dîner », protesta la vendeuse, une main protectrice posée sur l'estomac. Elle avait un gentil visage, de grandes lèvres maquillées, un tablier de soie noire qui miroitait au gré de ses mouvements.

« Bien, très bien, je n'ai rien dit. Renonçons pour ce soir aux "tripolitaines" et aux "madrilènes". Combien vous dois-je en tout ? » Oncle Serafino se redressa, cédant avec une bonne grâce soudaine.

Il regagna la table, les paupières plissées et prêtes à affronter le panorama des arcades éclairées devant le café, ainsi que les rares passants.

« Ce n'est pas que je raffole des desserts, mais de temps en temps la gourmandise..., dit-il en me souriant à travers la fumée de sa cigarette. Et puis la comédie m'amuse, cette Rosita est si bien élevée et si accommodante... Ce café te plaît-il ? Tu as vu ses boiseries et ses ors ? Pour sûr, il faut apprendre à s'y mouvoir, comme une abeille dans le miel. Regarde Luigi, le garçon, le grand. Nous avons le même âge : bonjour et bonsoir depuis trente ans. Admire un peu son profil d'empereur romain ! »

Luigi se tenait tout droit près du pilier, devant la première des rangées de tables qui s'alignaient presque jusqu'à la moitié de la place. L'air chaud était parcouru de subits frissons de fraîcheur montagnarde ; les lumières suspendues et le ciel de satin noir exaltaient la géométrie des bâtisses.

Je lançai un regard à oncle Serafino, qui tendait les lèvres en rejetant la fumée de sa cigarette. Il paraissait changé, dans un abandon souverain, ou étrangement tranquille et indifférent, d'une indifférence supérieure à la bonté céleste que j'avais vue tant de fois dans ses yeux et son sourire. J'avais beau ignorer le sens et la destination de cette soirée, je comprenais que je devais me taire, patienter. Je croyais deviner le parcours vicieux que l'ingénieur imprimait à ses pensées avant de prononcer le moindre mot – des mots jamais définitifs ou explicites, de prudentes introductions à de mystérieuses et futures confidences. Dix, vingt fois, j'avais interprété un de ses gestes comme l'amorce d'une conversation enfin franche ; dix, vingt fois, un bavardage vain s'était enlisé entre nous, assis de part et d'autre de la table. Je me répétais avec obstination : si nous sommes venus directement ici en sortant de la maison, c'est parce qu'il entend s'expliquer, c'est parce que je l'ai démasqué, il faudra bien qu'il se décide avant que nous rebroussions chemin…

De rares passants empruntaient la perspective des arcades : des hommes seuls en bras de chemise à la démarche paresseuse, des garçons indolents qu'attirait une vitrine de chaussures violemment éclairée. Et quand une blonde munie d'une grande écharpe rouge repliée sous le bras passa devant nous en claquant des talons pour se perdre dans l'obscurité de la place, oncle Serafino soupira : « Pauvre blonde dont aucun parent ne meurt…

— Comment ? » demandai-je, surpris.

Un rire muet lui étira les lèvres. « On disait cela autrefois à propos de blondes qui auraient été belles si elles avaient pu porter le deuil. Mais courage, candidat au baccalauréat ! Pourquoi ne commandes-tu pas une autre crème glacée ? Quelle est donc cette éternelle suspicion ? Tu n'es plus au pensionnat ! Je vais te faire goûter une spécialité : le "tournesol", glace pilée, orange et un tas de petites choses…

— Un délice, ingénieur, nous sommes désormais peu nombreux à savoir savourer l'été. Les gens préfèrent s'entasser sur les plages », commenta Luigi qui rentrait dans le café d'un pas vif.

Le « tournesol » arriva. Il était accompagné d'un long verre de vodka noyée dans de la glace, dont oncle Serafino s'empara. D'un mouvement vif, il se pencha pour mieux me scruter, avant d'attaquer :

« Permets-moi de te dire, Tino, qu'avec cette veste et ces chaussures tu as l'air d'un séminariste, d'un agent de police… Voyons, n'aie pas honte ! Ah, la beauté, le plaisir réconfortant d'une paire de gants neufs ! »

Il recula brusquement, perdu dans son sourire, le verre à moitié vide entre ses doigts, tandis qu'un individu grand et chauve surgissait des ombres de la place avec une démarche comique, qu'il accentuait en tendant les bras au fur et à mesure qu'il se rapprochait.

« Tu es beau, toujours beau, lança-t-il dans un fredonnement à l'ingénieur, qui avait écarté une chaise pour lui permettre de s'asseoir.

— Beau comme un spectre. Tino, tu as devant toi rien de moins que le Duc en chair et en os. Comment se fait-il que tu sois encore en ville, Duc ? Je t'imaginais en vacances. Et quelle cravate ! Toujours des nouveautés, hein ?

— Beaucoup de circulation, cette année, je n'ai pas encore fermé la boutique », répondit l'homme qui se balançait sur sa chaise. Il avait un regard noir et aqueux, que traversaient de brusques éclairs de bienveillance. Un mouchoir immaculé dépassait de sa pochette. Son petit doigt gauche, privé de deux phalanges, se terminait par un cal bosselé. Ses gestes trop lents et trop mous, ainsi que le rire indifférent qui montait facilement à ses lèvres, me laissèrent supposer qu'il était un peu ivre.

« Sauf erreur, ce jeune homme doit être ton neveu. Si j'avais su que…

— Tu en sais toujours trop, l'interrompit oncle Serafino avec négligence. Oui, mon neveu, à un pas de l'université désormais. Il ne boit pas, ne fume pas, et c'est le premier de la classe. Très doué. Figure-toi qu'il est venu me chercher ce matin au bureau, à la compagnie du gaz. Un brave garçon, hein, Duc ? »

Ces mots, et plus encore les rides de l'homme qui se creusèrent et s'assombrirent brusquement sur son front, tandis qu'il me scrutait et m'évaluait de ses yeux de pierre noire, me nouèrent l'estomac.

« Courage, Duc, dis-nous ce que tu penses. Dis-le ! » l'incita l'ingénieur, implacable.

L'homme écarta les bras, l'air désolé. « Que veux-tu que je dise : jeunesse bienheureuse ? Innocence bienheureuse ? Voilà, je l'ai dit. Ça alors, je n'imaginais pas devoir subir ce genre de tracas ce soir… »

La tête renversée, l'ingénieur adressa un rire muet aux arcades, la cendre se courbant dangereusement au bout de sa cigarette. Le Duc haussa les épaules, se demandant à l'évidence chez qui, de nous deux, chercher un signe de complicité.

« Pardon, Tino, reprit oncle Serafino, le regard posé sur les arcades grises. Le Duc et moi nous connaissons depuis des siècles. En sa présence, je me sens plus enclin à parler. Et nous sommes sortis pour parler, tous les deux, n'est-ce pas ? En admettant que cela serve à quelque chose… Quoi qu'il en soit, je te le dis sans détour : je regrette pour ce matin, mais tu n'aurais pu me trouver nulle part… encore moins à la compagnie du gaz ! Je ne travaille pas, voilà tout. Cela fait quinze ans que je ne travaille pas et que je grignote le capital. Bien sûr, ta tante ne sait rien, et il vaut mieux qu'elle continue... »

Mû par une détente nerveuse, le Duc avait bondi. Il s'exclama en remuant yeux et mains :

« Ah non ! Tu ne peux pas me faire ça, ingénieur ! Pourquoi en profites-tu ? Je n'ai rien à voir avec cette histoire. Ton attitude me retourne l'estomac comme si j'avais avalé des orties, et non les deux bouchées que j'ai mangées. Pardon, mais je vous salue bien. »

Prompte, la main d'oncle Serafino l'arrêta.

« Assieds-toi, pécheur, sois sage.

— Je m'assieds, mais je ne veux pas écouter ces discours. Je ne fais pas partie de votre famille, moi, pourquoi me demandes-tu... ? se plaignit l'homme avec une grimace.

— Là, Duc, du calme. » L'ingénieur tendit un journal à son ami, qui l'ouvrit ostensiblement en soupirant et en s'abandonnant sur sa chaise, puis il poursuivit, d'une voix perçante qui semblait vouloir dévorer chacun de ses mots : « Nous en étions restés à tante Galla. Elle ne sait et ne soupçonne rien. Comment le pourrait-elle ? Si je lui parlais de poules qui ont des dents, elle me demanderait de quelle couleur elles sont... Elle est riche, Tino, très riche, tu ne peux imaginer à quel point. Depuis quelques années, elle a peur de la vieillesse, elle est devenue un peu avare et, la nuit, il m'arrive de l'entendre marmonner des calculs. Elle essaie même de tenir un carnet de comptes, la pauvre, s'embrouillant dans la moindre lire... Tu as vu comment nous vivons : décemment, mais sans rien d'exceptionnel, jamais le moindre voyage, que ce soit à la mer ou à la montagne. La charge du professeur, et c'est tout. »

Il dressa l'index pour me rappeler la chambre à l'étage. Sa main tremblait un peu.

Il savait qu'il me plongeait dans un immense effroi : la façon dont je scrutais ses traits altérés, la veine palpitante de sa tempe, ne pouvait lui échapper. Mais il continuait, bien qu'il fût inutile désormais d'ajouter quoi que ce soit, il continuait sans répit, s'obligeant à affronter cette épreuve avec un cruel désir de clarté. Je sentis qu'il me fallait trouver et saisir de toutes mes forces, dans cette volonté de vérité, le fil qui me permettrait de comprendre, d'accepter et d'ensevelir tout reste de soupçon.

« Je ne peux pas tout te raconter depuis le début, il faudrait pour cela des semaines, des quintaux de mots, et si tu savais l'effort que ceux-ci me coûtent... Je te demande un peu : pourquoi travailler, pour qui, pour quoi, quand on n'a pas d'enfant, de but, de véritable intérêt professionnel ? C'est ainsi qu'un beau jour : démission, liberté, chapitre clos. Même si l'on ne peut pas résigner toutes ses fonctions, même si la liberté n'est pas de cette vie. Mais nous laisserons ta tante tranquille, hein ? Lui révéler cette histoire ne serait utile à personne, ni à elle, ni à toi, ni au pauvre professeur. Ta tante vit en paix sur son île, pourquoi lui faire de mauvaises surprises ? Mon stupide titre d'ingénieur et l'idée de me savoir à la compagnie du gaz sont le soleil et la lune de cette île. Et puis, je te le répète, elle est très riche. Même si je jetais son argent par les fenêtres, il en resterait toujours pour tout le monde, et en premier lieu pour toi, puisque tu es son unique neveu. Tu trouves ces propos vulgaires ? Ils ne le sont pas, mon garçon. En y repensant, tu te rendras compte qu'ils ne le sont pas du tout. *Non sans droit**, crois-moi, *non sans droit**... Tu peux certainement me qualifier de pécheur et, si cela te fait plaisir, de raté, de parasite ! Mais seulement à mes dépens et à ma honte ! Oui, à mes dépens et à ma honte ! Mon dieu, où est Luigi, nous avons besoin de vodka ici, et tout de suite ! »

Par deux fois il ouvrit et referma sa bouche aride, privée de son. Puis il se leva pour se précipiter dans le café, m'abandonnant sous le fardeau de cette violence qui tournoyait, bourdonnante, dans mon cerveau sans que je puisse l'arrêter.

Les yeux du Duc réapparurent lentement au-dessus du journal ouvert et se détournèrent aussitôt pour poser ailleurs leur embarras.

« Je ne pourrai jamais le lui pardonner, commença-t-il avec un soupir. On ne doit pas profiter de l'amitié comme ça, et il le sait... Pauvre ingénieur, d'accord, mais alors pauvre moi, pauvres tous ! Pas vous, vous êtes jeune, et c'est parce que vous êtes jeune que vous devez me croire : tirez un trait sur tout ce que vous avez entendu ce soir, c'est la seule chose à faire. Ne faites pas attention à nous. Nous sommes des gens qui ne comptent pas, qui n'existent pas. Dites-moi plutôt comment se porte votre tante ? Elle est toujours aussi blonde et ronde ? Il y a une éternité qu'on ne l'a pas vue. Je me rappelle l'époque où elle était fiancée : tendre et douce, une meringue. Savez-vous comment les garçons l'appelaient ? Vingt mille lieues sous les arcades. Parce qu'elle les arpentait pendant des heures et des heures en attendant que son fiancé, l'ingénieur, finisse sa dernière partie de rami au café... Tous les soirs ! Pour sûr, c'était son destin, pauvre femme. Ne vous mêlez jamais aux joueurs, mon garçon, les cartes n'apportent rien de bon. Et, tout bien pesé, ne soyez pas trop sévère avec votre oncle : il faut voir comment cet homme a agi avec son frère jumeau, la condamnation de sa vie ! Pareils actes sauveraient de l'enfer jusqu'aux diables. »

Il savait qu'il pouvait maintenant me regarder, affranchi par ses propres paroles, et il adressa sans tarder un sourire à l'ingénieur qui revenait, muni de deux grands verres de vodka, en balayant les gestes affligés de Luigi, le serveur.

Oncle Serafino était pâle, mais ses yeux avaient recouvré leur douceur divine. L'effort qu'il s'imposait dessinait sur ses tempes un éventail de petites rides. Il frotta le pied droit sur la pierre, presque imperceptiblement toutefois. Les doigts qu'il serrait sur les verres me paraissaient exsangues, et ses ongles de glace.

Cependant, c'est avec un brin d'ennui qu'il déclara : « Je pensais à Shakespeare. Ventre, fesses, tripes, bourse d'argent, telles sont les puissances qu'il respectait, que les personnages de ses histoires fussent rois ou gueux. On peut dire qu'il savait manier le vocabulaire ! Rien à voir avec nos périphrases !

— Vous pénétrez sur un terrain difficile, et l'heure de m'en aller a sonné. » Le Duc consultait sa montre comme en proie à une hâte subite.

« La vapeur siffle cette nuit ? interrogea oncle Serafino sans le regarder.

— Seulement après une heure. De dix heures à une heure, c'est la roue. Il est dix heures moins le quart, il faut que je me dépêche, répondit le Duc avec une condescendance ironique. Naturellement, tu es le bienvenu, inutile de le préciser ! Si tu savais seulement être prudent, si tu pouvais éviter de me faire glisser le cœur dans les talons… Mais ce soir, savoure la jeunesse, elle n'est que santé. Bonne nuit, jeune homme, et haut les cœurs en toutes circonstances. Sais-tu que je m'interroge sur ton âge ?

— J'aurai dix-sept ans demain.

— Dix-sept ! » s'écria oncle Serafino dans un souffle. La main qu'il avait violemment levée renâcla avant de redescendre et de se poser sur la table.

« Qu'as-tu dit là, mon garçon ? Tu ne peux pas savoir ce que tu as dit[1] ! s'exclama le Duc, qui secouait la tête avec des reproches amers. Par les saints du paradis, nous y revoilà ! Jamais le Père éternel ne se résoudra donc à étendre sa main au-dessus de ma tête. Un bien beau destin que le mien…

— Allez, file, arrête-toi donc de parler ! » rétorqua l'ingénieur en martelant ses mots.

Le Duc fit un nouveau geste de salut et tourna les talons, mais pour revenir aussitôt et se pencher avec chaleur vers son ami, triste et sombre devant sa vodka.

« Dix-sept ou pas, ne te creuse pas la tête, mon frère, ne démarre pas sur les chapeaux de roues… Ou alors, si tu te sens fort comme un lion, pense au moins à te donner en spectacle, même si c'est moi qui devrai en faire les frais. Tu te souviens d'Évian ? Trois fois dix-sept pour les poids lourds ! Et trois fois le *De profundis* dans la salle, les inspecteurs qui accouraient et nous regardaient comme si nous étions des princes russes. »

Il riait. Mais oncle Serafino dressa le doigt, le pointa vers le taureau en laiton enchâssé dans les dalles du trottoir, devant l'entrée du café.

---

1. En Italie, ce n'est pas le treize mais le dix-sept qui est censé porter malheur.

« Oui, oui, conjurons le mauvais sort… Que je moissonne au moins un peu de blé cette nuit, comme ça je pourrai te le remettre tout chaud demain… », dit le Duc avant de frotter complaisamment le bout de sa chaussure entre les pattes de derrière du taureau.

L'ingénieur le surveillait d'un air sérieux : il n'y avait pas le moindre éclat d'ironie dans ses pupilles.

Le Duc conclut alors sur une pirouette : « Je file. Mais redis-moi encore une fois le nom du type qui buvait des litres de cognac italien à Évian… Je l'oublie toujours. Du cognac italien sur les côtes de la France, quel phénomène !

— Von Stroheim, murmura oncle Serafino.

— Exactement. Et, avec ça, on prétend que les Allemands ne sont pas fous, lança le Duc dans un rire en s'éloignant. Mon garçon, tiens compagnie au grand homme et demande-lui de te raconter ce que fabriquait cet Allemand à Évian, sur le lac. Des numéros dignes d'un cirque équestre… »

Je le vis agiter le bras au centre de la place en direction des silhouettes tapies des taxis, son crâne chauve luisant sous les lumières.

***

Il me serrait le bras entre ses doigts osseux, me dominant de la tête et des épaules. Nous avions traversé la grande place et nous nous tenions près du fleuve, devant le parapet : l'eau coulait silencieusement entre les énormes festons des arbres fondus en ombres charbonneuses que veinaient çà et là des jaunes et des gris moribonds.

De longues files de lumières flottaient, effaçant le ciel sur la place rectangulaire, parfaitement vide, tendue comme une peau de tambour jusqu'à la lointaine extrémité des arcades.

Nous avions peu parlé après avoir quitté le café, oncle Serafino ayant répondu de manière évasive à mes timides questions sur le Duc : « Demain, tu verras demain... » De temps en temps, devant une boutique fermée, une pâtisserie ou un fourreur, il s'était arraché à sa torpeur pour m'indiquer avec une méticulosité zélée une enseigne en bronze, un entrelacs Art nouveau, ou encore la balustrade d'un balcon, à un entresol, qui dissimulait parmi les volutes de ses barreaux tordus les initiales de son ancien propriétaire, verdâtres et délavées comme des tiges de géranium.

En regardant à présent la place et les rails du tramway qui la découpaient en arêtes irrégulières, je sentais monter dans mon dos le souffle humide du fleuve, une odeur pénétrante de feuilles déjà pourries, de mousse et de bois mouillé qui n'était agréable qu'en apparence. En réalité, j'y décelais aussi une puanteur souterraine d'ordures et de moisissure, d'eau et de boue stagnantes.

Sous les arcades, une voix ivre parcourut le vide, se tut, retentit de nouveau et s'éteignit, pour enfin se rapprocher en longeant la place.

La fatigue alourdissait mes paupières, la stupeur de la soirée au café s'était muée en un grand désir de sommeil, de refuge, et je regrettais d'avoir laissé mes cachets de Simpamina dans ma chambre. Je bâillai inutilement : oncle Serafino contemplait la place en m'ignorant, sa cigarette éteinte entre ses dents.

La voix grossit, et l'ombre de l'homme finit par apparaître. Je le vis se courber et se redresser, comme s'il était déséquilibré par des charges opposées.

Il s'arrêta bientôt, chancelant, à moins d'un mètre de nous. Il n'avait pas l'air vieux, même si son visage et son cou semblaient avoir subi le fléau de la grêle.

Au garde-à-vous, il souffla, les yeux luisants : « Vive la vie ! J'ai dansé pendant dix ans le boogie-woogie chez Fiat, moi...

— Qu'est-ce que tu veux ? Va te coucher ! répondit oncle Serafino avec un timbre aigu que je ne lui avais jamais entendu.

— *Thank you. All right.* Je n'ai besoin de rien, moi, dit l'homme, qui esquissa un salut militaire. Ancien prisonnier à El-Alamein. Mais je mets ma famille au lit tous les soirs avec le ventre plein. Je me souviens de Staline, moi, et quand je dis Staline...

— Bonne nuit. Va dormir ! » siffla la voix de l'ingénieur, haut perchée et glaciale.

Je vis le visage de l'homme se contracter, comme compressé par une force hostile. Sa main se replia, son bras retomba et, aussitôt après, il reprit son chemin avec résignation.

Les doigts d'oncle Serafino m'agrippèrent une nouvelle fois. Nous avançâmes le long du parapet.

« Ton père, dit-il à brûle-pourpoint, mais d'un ton déjà apaisé. On t'a sans doute raconté que c'était un homme inexpérimenté, ou tout au moins malchanceux. Ce n'est pas vrai. Il était intelligent, le plus intelligent de cette famille ennuyeuse. Peut-être pas en harmonie avec son époque, et c'est ce qui l'a empêché de faire fructifier nombre de ses projets, de ses idées... Il ne faut pas que tu le juges sévèrement. Je te le dis parce que les enfants sont toujours trop durs avec leurs parents, avec les vieux, et ce non pas à cause de ce qu'ils ont eu, mais à cause de ce dont ils croient avoir été privés… »

Il s'immobilisa pour m'observer, et je remarquai ses petites dents serrées. Sa barbe naissante lui donnait l'air encore plus maigre, malade, mais accentuait aussi son comportement obstiné. Se remettant en mouvement, il poursuivit :

« Les jeunes croient que les adultes forment une bande de pontifes intrigants. Ils les détestent, les envient, pensent : si nous étions à leur place… Toi aussi, je le sais. Oh, ne réponds pas, je le sais, un point c'est tout. Mais prends-moi comme exemple : suis-je peut-être un homme ? Non, je fais partie de ceux qui n'apprennent jamais à grandir, pas même en l'espace de cent ans, comme Peter Pan, les nains, les frères siamois, comme les phénomènes de la nature… Et quand la nature conçoit un phénomène, elle l'exécute à la perfection jusqu'au dernier et plus atroce engrenage… »

Il s'arrêta une nouvelle fois, les mains croisées dans le dos, le regard fuyant désormais. La faible lumière qui atteignait cette bande de trottoir, le long de la balustrade, soulignait crûment les os de son front.

« Il faut que je t'avoue maintenant encore une chose, Tino, la plus grave, murmura-t-il, dans un atroce sourire larvé qui sembla pourtant le libérer. Tu ne possèdes plus un centime. Tu as compris ? Pas un sou ! L'argent de ta mère déposé chez le notaire : ne me demande pas comment j'ai réussi à mettre la main dessus… Je l'ai englouti. Il y a trois ans. De quelle manière ? C'est simple, en jouant… Combien de fois me suis-je répété au cours de ces trois années : je vais aller trouver Tino au pensionnat et tout lui avouer... Je n'ai pas arrêté de remettre cela à plus tard en espérant trouver un remède, bénéficier d'une soirée de chance... Et pourtant je sais parfaitement que je suis maudit au jeu, comme au reste... Mais ne crains pas pour tes études, pour ta maîtrise : tante Galla est là, richissime, je te le répète, et, au fond, généreuse, même si elle craint de finir dans la misère. Il me suffira de lui glisser un mot au moment opportun, elle ne peut rien me refuser... Et puis il y a la maison : elle m'appartient, malgré quelques hypothèques. Tes études n'en souffriront pas, je te le jure ! Encore une chose ! Tu vois la petite bonnetière que tante Galla a dans son salon ? Trois de ses tiroirs sont bourrés d'argent, de pièces d'or, de vieilles montres avec des brillants, de livres sterling et de francs suisses... S'il m'arrivait quelque chose, considère-toi autorisé à t'en emparer, à reprendre immédiatement ce qui te revient. Je t'en prie, jure-le-moi ! »

Il me saisit la main et la pressa sur son côté. Je sentais que mes yeux s'embuaient et que toutes les ombres de la nuit venaient m'assaillir. Je réussis à prononcer « Je le jure, je le jure » avec un filet de voix. Aussitôt après, un calme absurde étouffa les battements de mon cœur.

« Cher Tino, reprit-il en cherchant un appui sur la pierre du parapet, les yeux tournés vers le fleuve. Dans cette vallée, nous sommes tous de pauvres aveugles guidés par des tigres. Il n'y a rien de plus difficile au monde que de vivre sans lâcheté. »

Son dos paraissait misérable sous l'étoffe légère de sa veste. Je fus surpris de pouvoir regarder sa silhouette, l'autre rive du fleuve et la masse floue de la nuit avec une lucidité qui ne m'avait jamais appartenu.

Il continuait de parler, désormais en proie à un chagrin étranger à cette heure de la nuit et à ma personne.

« Il est possible qu'il y ait eu à une époque de vrais hommes, des gens faits d'une seule pièce, convaincus de leur existence et de leurs qualités, comme les autres créatures sur la Terre... As-tu jamais entendu parler de l'arrière-grand-père de tante Galla et de ta mère ? Il possédait un moulin et une boulangerie à Narzole, dans la province de Cuneo, un village qui n'est rien d'autre qu'un trou. Il maria son unique fille en 1880 en la dotant de cent soixante-dix mille lires en napoléons d'or conservés dans des pochettes de toile blanche. Chaque jour, il produisait un napoléon, la somme des efforts et des astuces qu'il avait déployés de l'aube jusqu'au crépuscule... Il mourut à l'âge de quatre-vingt-seize ans : après avoir reçu l'onction sacrée, il veilla à la distribution de ses biens, y compris des cages à chapons dans la cour et des balances dans la boutique, chassant de sa chambre les femmes les plus larmoyantes... Voilà ce que devait être un homme, un paterfamilias : un œuf avec deux jaunes. Le blanc et le jaune de notre œuf, en revanche, ne coexistent plus... Il m'arrive de penser que le dernier homme, la dernière feuille de la branche n'est autre que mon malheureux frère, le professeur, malgré sa folie, ou peut-être grâce à sa folie... »

Nous regagnâmes la maison sur ces mots, séparés par un funeste silence.

Mais à la dernière minute, dans l'entrée, il me saisit les bras en un sursaut hystérique d'énergie et me dit : « Tu es jeune, Tino, tu as la vie devant toi ! Si cela te réconforte, si cela peut t'aider aujourd'hui, considère-moi comme un inconséquent, comme une crapule et un méchant, comme un voleur aussi… Mais pense surtout au bien que tu pourras faire en menant l'existence d'un homme courageux et fort. N'oublie pas, je ne t'ai pas dépouillé de ce que tu es, de ce que tu pourras et voudras être ! »

***

Il a fallu que je me couche pour parvenir à affronter, non sans amertume, toute la rosserie de ces derniers mots. Mais, au lieu de me vexer, j'ai continué de m'étonner et d'assembler les gestes, les paroles et les significations de cette nuit, qui se recomposait dans ma mémoire sans offrir la moindre prise à la logique, ni même à mon besoin désespéré de réconfort.

Le visage du Duc, son langage mystérieux et les images solitaires de la ville, que j'avais à peine entrevue depuis une table de café ou de sous les arcades, flottaient, tels des débris inertes, sur la mer tempétueuse des confessions de l'ingénieur. Je m'efforçais de considérer ces aveux avec le recul nécessaire, mais ils déversaient soudain leurs flots sur moi, anéantissant toutes mes défenses et troublant jusqu'aux plus bienveillantes de mes dispositions.

Il était peut-être deux heures du matin, l'oreiller était brûlant sous ma nuque, mille pensées surgissaient en désordre du néant et pointaient dans mon cerveau leurs piques empoisonnées.

Un bruit dans la rue, une sorte de gémissement plaintif, a attiré mon attention. Sans allumer la lampe, je suis allé à la fenêtre.

L'ingénieur se balançait à côté de la voiture immobile, les mains pressées sur l'estomac. Soudain, il a levé un bras et l'a abattu contre le mur une, deux fois, puis sa plainte s'est brisée en un grincement de souffrance étouffé, et il a réussi non sans mal à se redresser.

La peur m'a trahi, m'arrachant une exclamation.

« Qui est là ? C'est toi, Tino ? » a-t-il dit avant de bondir et de traverser la rue.

Dans le faisceau de lumière qui pleuvait sur lui, j'ai vu son visage affreusement défait, ses yeux étincelants.

« Pourquoi ne dors-tu pas ? Que me veux-tu encore ? » a-t-il grogné d'une voix horrible.

J'ai senti que je tremblais pendant qu'il inspirait avec peine, les poings de nouveau serrés sur le ventre.

Enfin, il s'est dominé et a murmuré : « Dors, dors. Il faut que je fasse une course… Pour le professeur. Il veut un melon, lui, il en a besoin… Mais je sais où en trouver un à cette heure ! Et maintenant, je te le dis : tais-toi ! »

Il est retourné à la voiture, y est monté, et dans ces mouvements infimes chacun de ses membres a semblé oppressé par d'énormes poids.

J'ai fermé à clef la porte de ma chambre, je me suis recouché en essayant, les yeux fermés, de résister à la vague d'angoisse qui déferlait dans mes entrailles.

Vendredi 6 juillet

Hier, j'ai eu dix-sept ans, et cette nuit j'ai touché du doigt les vers qui grouillent sous le vernis angélique de l'ingénieur Serafino Calandra.

Je ne peux me méprendre sur ce que j'ai vu, entendu, subi, même s'il m'a fallu recourir pas moins de deux fois à des cachets de Simpamina pour recouvrer forces et lucidité.

L'effet du stimulant perdure, me laissant excité, sans sommeil. Les pensées qui s'embrouillent dans mon esprit m'éloignent de plus en plus du monde tel que je l'imaginais il y a encore quelques jours, avant d'arriver à Turin et dans cette maison. Même la version grecque d'hier matin au lycée, dernière épreuve écrite – un passage très facile du *Contre Timarque* d'Eschine : « La vérité peut perdre de sa valeur, elle aussi, si elle est soutenue par un malhonnête... » –, se perd dans ma mémoire, acte accompli par obligation et sans rapport avec ce qui m'obsède et me gouverne désormais.

Déjà, une lumière grise et matinale point à la fenêtre. La porte est verrouillée, ce qui ne m'empêche pas de craindre que quelque chose ou quelqu'un, une ombre monstrueuse et violente, ne surgisse dans la chambre et ne se jette sur moi.

***

La soirée avait commencé par petites touches légères : tante Galla avait fait en sorte que je trouve, à table, deux billets de dix mille lires pliés dans une enveloppe, sous mon assiette ; oncle Serafino était descendu avec une magnifique cravate en soie censée atténuer la tristesse de mon costume. Annetta elle-même avait voulu me fêter en m'offrant une bouteille de vermouth emballée dans du papier de soie.

Une atmosphère de détente familiale, qu'une sobriété digne rendait élégante et tendre, m'avait aidé un instant à glisser sur les durs événements de la veille et à croire qu'il était possible de les oublier avec la même facilité. Le regard reconnaissant que tante Galla et Annetta posaient sur l'ingénieur, qui se resservait d'entremets aux macarons et au chocolat, m'avait ému.

« Tout va très bien, me semble-t-il. Je me trompe ? » déclara oncle Serafino après le dîner, tandis que nous roulions vers le centre-ville. Son ton serein et la douceur avec laquelle il conduisait sa vieille Lancia Appia me paraissaient de bon augure. Il s'était exprimé comme s'il n'y avait jamais eu de secrets entre nous ; j'estimais pour ma part – et j'estime toujours – qu'en revenant sur ses graves confidences de la nuit précédente, au café et le long du fleuve, je n'aurais fait preuve que d'un courage stupide.

D'un ton presque identique, peut-être un peu plus sec et plus ferme, l'ingénieur salua quelques minutes plus tard un coup gagnant à la roulette du Duc. Martelant ses mots, il lança aux glorieux jetons placés à l'abri sur le chiffre quatorze et autour : « ... qui auront pour beaucoup saveur trop aigre[1]. »

Il n'y eut ni rires ni commentaires. Le Duc accueillit lui aussi en silence la citation de Dante, comme s'il s'agissait d'une boutade relevée parmi les joueurs.

Nous avions atteint la villa après un tortueux vagabondage par des places et des avenues désertes, puis des rues de banlieue auxquelles les caillots blêmes et lumineux de petits bars conféraient une activité fortuite. J'avais cru apercevoir une église, et aussitôt après une flaque claire entre les arbres, où des quadrilles d'hommes se penchaient sur leurs boules, sur leurs bouteilles, dans la lumière de multiples globes obstrués par les feuilles. L'Appia avait enfin cahoté sur la terre battue et sur les irrégularités d'une rue que les cubes de gigantesques immeubles semblaient clore.

« Il ne faut jamais se garer devant le lieu du crime », avait expliqué oncle Serafino en se rangeant le long d'une haie.

Après que nous eûmes rebroussé chemin à pied, j'avais distingué au loin les grandes enseignes de la ville, des usines, dilatées dans des auréoles rouges et violettes. La pointe du Môle d'Antonelli s'élevait, avec toutes ses lumières, pareille au sommet coloré d'une toupie. Quelques cigales discordantes chantaient sur les pelouses et dans les jardins, de part et d'autre de la rue. L'ingénieur s'était immobilisé lui aussi pour jeter un

1. Dante Alighieri, *La Comédie*, Paradis, chant XVII, vers 116-117, traduction de Jean-Charles Vegliante, Imprimerie nationale, 2008.

coup d'œil à la grande voûte du ciel étoilé, à ce coin de villas, de maisonnettes, de serres éparses et noires.

« Sommes-nous les bienvenus, ou préférez-vous téléphoner tout de suite à l'hôpital psychiatrique ? » avait-il glissé à la vieille femme sèche qui était venue à notre rencontre, devant la grille, et dont le sourire tranquille contrastait singulièrement avec le timide salut de circonstance. Tous deux s'étaient engagés sur une allée de gravier qui se perdait parmi les ombres du jardin, et je leur avais emboîté le pas.

J'ai encore devant les yeux les pleins et les vides de la petite salle où trônaient le Duc et sa roulette. Quelques visages, que la lumière creusait cruellement jusqu'à la dernière ride, se pressaient autour du tapis vert punaisé à la table. Une femme très maigre aux cheveux surmontés d'une grande plume examinait un carnet rempli de chiffres et de signes en mordant sa lèvre ponctuée de grumeaux rouges. Des poutres couraient le long du plafond, les fenêtres étaient closes, un palmier chétif dressait dans un coin ses pointes jaunies. De la pièce voisine s'échappait le monologue rapide d'une radio.

Il n'y avait là que des gens âgés et de toute évidence pauvres : deux ou trois femmes aux sacs difformes à force d'avoir été tripotés par leurs doigts de harpies, trois hommes aux costumes usés, sans cravate. Leurs regards et leurs saluts avares nous accueillirent. Le Duc eut, quant à lui, une grimace qui lui fit froncer les lèvres et les sourcils en signe d'amitié. Aussitôt après, il poussa de son râteau une triple pile de jetons, que l'ingénieur ramassa et déposa sur plusieurs numéros au point de les recouvrir.

« Des problèmes ? » m'interrogea-t-il ensuite en m'indiquant un fauteuil, au fond de la pièce.

Je niai avec ferveur. Au même moment la maîtresse de maison nous apporta deux verres, qu'elle nous tendit en souriant avant de retourner s'asseoir dans l'angle mort d'un canapé, où elle rouvrit son journal.

Le cognac déchaîna dans mon estomac des vagues aigres et lourdes, et j'eus soudain le sentiment d'être humilié, exclu : tout, y compris les quelques syllabes du Duc, qui annonçait machinalement numéros et mises ou répétait un las « *rien ne va plus** », m'abandonnait dans un piège absurde.

Il régnait dans la pièce une chaleur bestiale ainsi qu'une odeur âcre de cigarette et de mauvaise haleine ; les visages des joueurs luisaient dans le triangle de lumière qui se déversait en entonnoir sur le tapis vert. Debout, après sa première victoire sur le quatorze, le haut du corps perdu dans l'ombre, égrenant des jetons rouges, plus gros et donc de plus grande valeur que les petits disques fanés des autres joueurs, oncle Serafino avait les yeux dans le vague. À l'instant même où retentissait le premier « *rien ne va plus** » du Duc, il disposait les mises avec une assurance fluide au milieu des cases chiffrées.

Enfin, d'une voix ennuyée, le Duc annonça « Zéro » en s'attardant sur le « o », et je perçus parmi le glapissement furieux des joueurs le souffle de l'ingénieur, aussi court et aigu qu'un sifflement.

Je le vis ensuite se recroqueviller sur sa chaise, blême entre cernes et menton. D'un geste las, il réunit les mains à la hauteur de sa bouche. Alors que la roulette tournait doucement, montrant et dissimulant avec monotonie la boule d'ivoire nichée dans la case du zéro, il fixait le tapis que le râteau avait dépouillé. Ses paupières tremblaient dans l'insulte crue de la lumière.

Il paraissait malade, ou peut-être devrais-je dire vicié, corrompu par une mystérieuse maladie que le lieu et l'heure déchaînaient dans son corps. La dignité formelle de ses mouvements, de ses lèvres figées, de sa cigarette qui allait et venait, lui permettait encore de cacher les plaies de ce mal, mais sa figure n'était plus qu'un triangle de pâleur et, sous son costume, ses épaules et ses bras semblaient fragiles, comme friables, une structure en verre demeurée intacte par on ne sait quel miracle...

Il adressa un signe de l'index au Duc, qui secoua la tête. L'index s'agita de nouveau dans le vide, cependant moins impérieux, sans arracher les autres joueurs au compte sordide de leurs jetons. Une fois encore, le Duc lui opposa un non muet.

« Bon Dieu, mais alors... », se plaignit douloureusement l'ingénieur, mais déjà le Duc échangeait un regard complice avec la maîtresse de maison, assise sur le canapé, et comptait, résigné, des jetons parmi ceux qui étaient entassés derrière la roulette.

Poussant vers son ami ces piles de disques rouges, il l'avertit : « En voici cent autres. Et après, n'insiste plus. Tu connais la règle.

— Un sou lave l'autre, n'est-ce pas ce que vous avez l'habitude de dire, vous autres ? » répondit oncle Serafino, s'attirant un soupir de compassion.

Au même moment, l'un des fantômes qui entouraient la table déclara : « Zéro, zéro, tout à l'heure je les ai joués au moins trois fois, lui et ses "chevaux"...

— Pas de commentaire dans la salle », le réprimanda le Duc avant de faire tourner la roulette, les yeux levés au plafond.

Les mains d'oncle Serafino demeuraient immobiles au-dessus de ses nouveaux jetons. La boule cliqueta au gré de ses rebonds, bourdonna une dernière fois et se tut. Un instant, l'ingénieur se mordit la lèvre, puis son visage retrouva son immobilité de plâtre.

« Dix-sept ! annonça le Duc en effleurant du bout des doigts la cuvette pour en ralentir la course désormais inutile. Rien à dire, quand ça ne marche pas, ça ne marche pas… » Il lança un regard de regret à son ami, qui ne le releva même pas.

La maîtresse de maison m'observait. Elle replia son journal et, les mains croisées sur la poitrine, se dirigea d'un pas prudent vers mon fauteuil.

« L'ingénieur n'a pas de chance ce soir, dit-elle tout bas. Il ne devrait pas insister. Vous avez vu, il a laissé filer le dix-sept, après le zéro. Et c'est un de ses numéros porte-bonheur. »

Il émanait d'elle un parfum très sucré. Sa pupille vive et sûre survolait la pièce par à-coups, s'arrêtant sur les visages et sur les gestes.

« Il faudrait lui dire d'arrêter, mais comment ? Ce n'est pas à nous de le faire, ajouta-t-elle. Vous êtes un ami ? Un parent ? »

Soudain, un double coup de sonnette fit sursauter le Duc et toute l'assistance. Les joueurs semblèrent plus animés, à l'exception d'oncle Serafino, raide dans le cône de lumière, ses doigts d'albâtre refermés sur ses jetons.

Le Duc lança à la maîtresse de maison : « Regardez par la fenêtre.

— Je sais de qui il s'agit. Je reconnais son coup de sonnette. C'est l'avocat.

— Quel avocat ? Le gros garçon moustachu ? Je vous en prie, débarrassez-vous-en. Un pèlerin qui sème plus de dettes de jeu que de chiendent... »

La femme sortit, en apparence récalcitrante, et nous entendîmes ses pas sur le gravier. Peu après, son visage osseux ressurgit à la porte avec le même sourire.

Une vague de soulagement se déversa alors sur la table : les joueurs tendirent bras et mains au-dessus du tapis pour miser, consumant la frénésie qu'ils avaient accumulée au cours de cette pause.

Le fond de cognac m'avait engourdi. J'étais incapable de bouger, je m'en souviens, je voyais le crâne luisant du Duc osciller à l'intérieur et à l'extérieur de la zone lumineuse, j'avais perdu la notion de l'heure, et la proximité de cette femme, de nouveau à l'affût près de mon fauteuil, son parfum trop sucré, sapaient mes efforts de concentration – des efforts insensés sans doute, mais qui étaient à mes yeux la seule forme de survie possible en ces lieux.

« Vous ne jouez pas ? Bien sûr, vous êtes jeune et vous avez sans doute d'autres intérêts », murmura la voix.

Par chance, le Duc marmonnait déjà : « Belle dame, il y a ici des gens qui ont soif, ne vous cachez donc pas dans les coins. »

Elle s'éloigna, et le masque de l'ingénieur réapparut aussitôt au bout de la table, aussi sec et ridé qu'une coquille de noix.

Un autre verre de cognac se matérialisa entre mes doigts. Tout en buvant, je laissai mon regard courir sur une gravure encadrée fixée au mur : une file de chiens tachetés, limiers et pointers, pénétrait dans une cuisine rustique où un blond cavalier en veste de chasse rouge, élégamment appuyé sur une table, trinquait à la santé d'une montagnarde stupéfaite.

Oncle Serafino venait vers moi, les bras dans le dos, le sourire pincé aux commissures des lèvres. Je fis mine de me lever, mais il posa la main sur mon épaule et me repoussa. Le bout de ses doigts était dur.

« Les trois derniers coups. Il ne faut jamais les jouer. C'est une conspiration », dit-il.

Autour de la table, les coudes et les mains s'agitaient dans un ultime frémissement ; quelques joueurs, déjà debout, attendaient avec tristesse le verdict final. Le Duc s'était levé lui aussi ; toussant et s'étirant, il échangeait des petits jetons contre des billets de mille et de cinq mille lires.

« Une partie de *cocincina*[1], ingénieur ? Mais très vite ! » s'écria la femme à la plume, tandis que ses compagnons de jeu se dirigeaient ensemble vers la porte dans de vagues au revoir.

Oncle Serafino pivota sur ses talons. Un flux de vie redonna à ses mains inertes leur assurance, et de l'espoir à son regard. Il s'assit à la table pendant que la femme battait les cartes avec acharnement et sourit en se penchant sur le chèque qu'il destinait au Duc. Il le lui

1. « Cochinchine », jeu de cartes entre deux joueurs avec deux jeux de quarante cartes.

tendit, l'air nonchalant, déjà perdu dans une nouvelle bulle chargée d'anticipation.

Le Duc examina la bande de papier, l'agita deux, trois fois, tira son portefeuille de sa poche.

« J'installe ce papillon parmi ses cousins. Un compartiment spécial leur est réservé.

— Il sera en excellente compagnie. Tu en doutes, peut-être ? coupa court oncle Serafino sans se laisser distraire.

— Mais non, bien sûr, c'est juste une façon de parler. »

Une fois de plus, je saisis le regard approbateur de la maîtresse de maison.

Puis le Duc m'indiqua une chaise vide autour de la table et me lança : « Viens t'asseoir avec nous, mon garçon. »

Les cartes avaient été mélangées, elles gisaient maintenant en un minuscule bloc bleu sur le tapis vert. Je vis oncle Serafino couper et choisir l'un des paquets d'un geste assuré.

« Cinquante, ingénieur ? » avait proposé la femme à plume en découvrant les dents.

En proie à la tension de l'affrontement, elle paraissait encore plus squelettique ; on aurait dit que ses jointures, ses coudes et ses pommettes allaient perforer sa peau.

« Puisque vous le dites. Cinquante », répondit oncle Serafino.

Un chuchotement du Duc me parvint aux oreilles : « Il devrait arrêter. Cela fait des années qu'il devrait… Il mourra avec un deux de pique à la main. Ou plutôt, nous mourrons tous les deux. »

Mais l'ingénieur était ressuscité. Cet échange électrique de cartes avec la femme semblait lui avoir rendu tout son influx nerveux ; une maîtrise et une vivacité, qui offraient à son poignet des mouvements foudroyants, battaient d'un sang nouveau sous les tendons de son cou. Il reprit le dessus, il avait un avantage de deux points : à chaque carte retournée, il pouvait désormais gagner. Il en tira deux du talon avec une légèreté et une lenteur aptes à étirer indéfiniment cet instant, cette impatience.

Satisfait, le Duc affirma : « Hé, revoici le vieux lion de la Cochinchine.

— Chut ! » ordonna la femme, de plus en plus desséchée et concentrée, sous sa longue plume.

Trois cartes basses, je crois, et un roi étaient retournés sur la table. En tirant ce roi, l'ingénieur aurait eu la victoire assurée.

Il posa délicatement la main sur la carte du talon et la caressa.

« Vous avez perdu, madame. Il y a un roi là-dessous », murmura-t-il.

Incapable de se refréner, le Duc abattit la main sur la table. « J'ajoute un billet de dix mille pour cette carte. Dix contre mille si c'est un roi, mais en liquide. Avoir un roi maintenant, ce serait trop commode, mon cher !

— Va pour les dix, âme simple. D'accord. Mais ne hausse pas le ton », répondit l'ingénieur avec un sourire.

Il effleura un instant la carte comme si c'était le menton d'un enfant, puis la souleva entre le pouce et l'index de la main gauche. Il la tint suspendue parallèlement à la table : ce dos bleu et ses doigts très blancs se détachaient dans la lumière. Il interrogea :

« On la regarde tout de suite, ou après avoir bu un petit verre ?

— Allez, allez, on la retourne, on la retourne ! » s'écrièrent la femme et le Duc, exaspérés.

Le roi de carreau tomba et, dans le silence, on entendit la maîtresse de maison éclater d'un rire étouffé sur son canapé.

« Courage, madame la patronne, faites-nous la joie de nous offrir un sandwich ! Fourré aux fourmis, par exemple, si vous n'avez rien d'autre, implorait déjà le Duc.

— C'est l'ingénieur qui décide. »

Oncle Serafino déclara « Pas pour moi » avec un filet de voix.

Il contemplait encore son roi de carreau. Enfonçant l'ongle au milieu de la carte telle la pointe d'un compas, il la tourna et la retourna, faisant alterner dans ce lent tour de manège les deux demi-bustes et les deux couronnes, les deux moustaches noires, les deux regards, comme s'il y cherchait d'impossibles anomalies. Son adversaire et le Duc avaient posé sur la table l'argent qu'ils avaient perdu, et il examinait encore ces deux tronçons de roi, la bouche ouverte, les yeux traversés d'une lueur de délice ou d'horreur – j'étais incapable de le déterminer...

Un peu plus tard, nous nous retrouvâmes dans la rue. Tandis que la femme à la plume se dirigeait vers sa voiture et que la maîtresse de maison s'attardait à la grille, l'ingénieur proposa :

« Un peu d'air des collines ?

— Tu n'en as pas eu assez ? répondit le Duc, effrayé. Écoute-moi bien...

— C'est ma soirée. Le dix-sept du candidat au baccalauréat doit encore me porter chance. Ton trou à rats me coupe tous mes moyens, voilà tout. Avec ces gens, ces ectoplasmes… Une véritable humiliation. Bon, on y va.

— Tu ne comprends donc pas que je suis un de leurs concurrents, qu'ils me montreront du doigt dès que j'entrerai ? répliqua le Duc, qui s'agitait dans la rue déserte. Toi, tu n'es jamais fatigué, moi, oui. Si je tiens debout, c'est parce qu'il n'y a pas de vent. Et puis, qui te fera crédit là-bas ? Le Grec ?

— Je sais qui », rétorqua l'ingénieur d'une voix sèche.

Pâle mais droit, décidé, les mains dans les poches, il scrutait l'obscurité de la rue. Le voyant prêt à repousser toute objection, je m'aperçus que je ne pouvais plus supporter l'attention que je lui prêtais depuis des heures. Je gagnai mollement le centre de la rue. De doux filaments de fraîcheur parcouraient l'air tiède. Dans la coupole de lumière rosée qui coiffait la ville lointaine, l'aiguille flamboyante du Môle d'Antonelli me parut plus nette, presque familière.

J'entendis le Duc protester en vain, quelques mètres plus loin : « Tu vas t'embarquer dans d'autres chèques postdatés ? Tu trouves qu'il n'y en a pas assez en circulation ? Tu n'as pas partout des amis comme moi. Le petit n'en peut plus. Emmenons-le manger une bouchée et, pourquoi pas, se trouver une créature humaine, une fiancée. Une pizza et une créature, ingénieur, d'accord ? »

Mais oncle Serafino entonnait : « *Je crois en un dieu cruel qui m'a créé…*

— C'est toujours comme ça, mon garçon, me dit le Duc. Allons-y. Mieux vaut se résigner. Je sais déjà ce qui nous attend : d'autres chèques, d'autres querelles, quarante cigarettes de plus, cinq heures du matin… Je me demande pourquoi nous achetons de nouvelles cravates et les mousses à raser les plus chères. Espérons que, au moins, une belle femme parée de renards blancs nous suivra à notre enterrement… »

Vide et poisseux comme une serpillière, je me rencognai sur la banquette arrière. Nous roulâmes sur d'immenses lignes droites que des files et des files de lumières divisaient. En se retournant un instant, le Duc me montra son visage gris et terreux.

« Eh ! » essaya-t-il de m'encourager, mais sans aucun entrain.

Je crus lire dans ses yeux mon incertitude et ma peur.

***

À présent, mes épaules et mes jambes sont parcourues de tremblements comme si mille couteaux aiguisés fouillaient ma chair pour séparer les muscles. La Simpamina, bien sûr. En effet, ma tête semble froide, vivante, mais étrangère à mon corps et incapable d'envoyer à mes mains des ordres exécutables. Avec ses lignes qui se superposent, la page du texte d'astronomie que je fixe est un véritable chaos : je dois accomplir un énorme effort pour rester concentré dessus et imprimer un ordre logique aux événements de la nuit – faits et paroles, visages, lieux et peurs – qui remontent à ma mémoire.

Je dois impérativement le faire avant de m'égarer et de perdre le contrôle de cette histoire, que je sens enfler à l'intérieur de son écorce. Elle se tord et s'agite, prête à exploser et à nous emporter.

L'ingénieur vient juste de rentrer, sa voiture est garée non loin de ma fenêtre.

Je l'ai entendu monter l'escalier sans la moindre discrétion, trébucher comme un ivrogne et laisser libre cours à une violente toux. Il est cinq heures et demie du matin : Annetta ne tardera sans doute pas à se mouvoir dans la maison.

Un léger piétinement a trahi le professeur dans sa chambre. Je crois qu'il se déplace toujours sans chaussures, voilà pourquoi son pas produit des bruits qu'il est facile de confondre avec le grincement d'une armoire ou d'une porte, avec le bruissement d'une souris.

Si je veux dormir en paix cet après-midi, il faudra que je dise à tante Galla, à midi, que je suis très fatigué, éprouvé par tous ces examens écrits, et que j'ai besoin de repos.

Mais qu'est-ce que je raconte ? Je balbutie, je me perds dans ces miettes, ce rien, alors que tout le fardeau de la nuit – de la nuit que l'ingénieur et le Duc ont partagée avec moi – continue de peser sur mon crâne, telle une punition dont je n'arrive pas à voir la fin.

Le piaillement paisible des moineaux s'échappe du jardin. Le professeur et moi sommes certainement les seuls à l'écouter, à l'heure qu'il est. L'ingénieur devra bientôt se lever, en admettant qu'il se soit couché, pour pénétrer dans la chambre de son frère, le raser, le laver, lui servir son éternel café…

C'est cette inexorable scansion du temps qui m'embrouille les idées et dissipe jusqu'au souvenir de ce que j'ai éprouvé au cours de la nuit. L'imperméable réalité de cette maison, du professeur et de tante Galla repousse les événements extérieurs. Ou peut-être vaudrait-il mieux dire qu'en les subissant elle les dévore, se les approprie, les transforme en éclats de béton entre les briques des murs, les change en poussière de couloirs, en toiles d'araignée et en ombres. Ce qui se passe ailleurs et qui conflue ici, la maison s'empresse de le broyer et de l'entasser parmi tous les ex-voto offerts à l'intangibilité du professeur, de ses horaires, de cette chambre qui constitue pour lui une prison et un autel...

Voilà peut-être ce qui m'a échappé cette nuit dans les mouvements, le gaspillage, la folie vindicative d'oncle Serafino.

Il me faut serrer les dents pour me remémorer les gestes précis que j'ai vus après que nous eûmes quitté le tripot, le Duc et moi étant alors complices et victimes de l'ingénieur.

***

Il y a une phrase que je n'oublierai jamais : « Un homme doit toujours se cacher. »

Le Duc l'a prononcée sur la terrasse de la grande maison à flanc de colline pour se réconforter, plutôt que pour m'inclure dans son besoin de compagnie.

En bas, la ville évoquait une armée de flambeaux. Les lignes droites des avenues et des rues éclairées formaient les ailes des troupes ; les contours nets et parfaits des places noires marquaient les carrefours, les issues, les lieux de rassemblement et d'acheminement du camp. Les plus lointains engorgements de lumières représentaient sans aucun doute les avant-postes ou les bivouacs éparpillés de l'arrière. D'immenses enseignes paraphées surmontaient les tentes des chefs, rois et généraux, grands connétables et pharaons. Et cette puissante forteresse mobile, vibrante de regards, attendait l'aube, moment où, une fois les feux éteints, le réveil sonné, les nouveaux ordres d'attaque transmis, ses forces encore invisibles sortiraient dans un grand vacarme.

Derrière le Duc et moi abandonnés sur la terrasse se trouvaient en revanche des pièces et des visages pervers, des tables de *chemin**, encore une roulette, des voix qui riaient, discutaient, invectivaient, furieuses, déçues. Une bouche, que deux mains masquaient, produisit le son d'une locomotive, annonçant de cette manière badine l'ouverture d'une nouvelle table de *chemin**.

Je croyais n'avoir qu'à attendre : oncle Serafino épuiserait tôt ou tard l'argent que lui avait prêté le Grec, le gros tenancier du tripot.

« Tu vas voir, dans une minute il viendra nous chercher. On ne peut pas gagner ici, il le sait. Et si, par le plus grand des hasards, il gagnait, il retournerait en trois coups à la case zéro. Pour un joueur de son calibre, perdre est la règle », me répétait le Duc pour la troisième fois.

Il soupira, épuisé, tandis que ses doigts fouillaient nerveusement son étui à cigarettes.

« Tiens, le voici ! » dit-il, reconnaissant l'ingénieur dans l'ombre qui traversait la terrasse.

Oncle Serafino n'avait plus de physionomie précise : son visage semblait sur le point de se recroqueviller, telle une peau qu'on aurait arrachée à ses attaches.

« Il faudrait faire quelque chose, lança-t-il. Laissons le *chemin** de côté, mais la roulette... Ils l'ont certainement truquée.

— Oui ? Et comment ? Ce n'est pas si facile que ça, tu devrais le savoir, objecta le Duc, impassible.

— Ils ont peut-être tendu un cheveu sur tout un secteur, sur les « voisins du zéro » par exemple : ils ne sont pas sortis une seule fois au cours des vingt derniers coups. Nous devrions arrêter la roulette et vérifier, que le Grec le veuille ou non. »

Il s'exprimait laborieusement. Il leva la main, et une loupe ovale apparut entre ses doigts. J'avais beau être hagard, je songeai aussitôt à celle que j'avais vu le professeur utiliser.

« C'est ça, tu veux que je joue à Sherlock Holmes ! s'écria le Duc. Moi ! Dans la maison du Grec ! Mais tu te rends compte, ingénieur ? On n'utilise plus nulle part l'astuce du cheveu, pas même à Tanger. Toi, tu veux te faire rouer de coups, et gratuitement qui plus est. » Il ajouta d'un ton agressif : « C'est au *chemin** que tu ne devrais pas t'empêtrer. C'est au *chemin** que ces gens vous tournent et vous retournent comme une pelote de laine. Je te l'ai déjà dit dix mille fois. »

L'ingénieur rangea la loupe dans sa poche. Ses gestes paraissaient lents et embrumés par la fatigue.

« Tu as tout perdu, hein ? Et je parie que tu as demandé des cartes, au *chemin**, alors que tu avais un six ou un sept en main... Comme si je ne connaissais pas tous tes travers ! insistait le Duc.

— Je sentais qu'un neuf arrivait, je le sentais ! Il fallait que je tente ma chance », répliqua l'ingénieur. Sa jérémiade était inconvenante, puérile.

Le Duc soupira. « Turin regorge de gens qui jouaient brillamment au poker, qui demandaient une carte au *chemin** alors qu'ils avaient un six en main, et qui couchent maintenant sur le carrelage des toilettes publiques dans un beau pardessus de journaux.

— Vous... vous autres... pourquoi me dites-vous tous ces choses ! » s'exclama l'ingénieur en pleurnichant.

Il se pencha à la balustrade de la terrasse, le visage entre les mains, tandis que le Duc poursuivait : « Drôle de manière de s'arranger chaque nuit, à notre âge... »

Soudain, je vis l'ingénieur bondir sur ses pieds et se précipiter vers le jardin. Il se mit à courir entre les arbres en agitant les bras et disparut derrière de noirs buissons. L'aboiement d'un chien s'éleva et crût, pour se perdre bientôt en un gémissement aigu.

« N'aie pas peur. Il ne s'enfuit pas, dit le Duc. Si les choses pouvaient s'arrêter là... »

Nous le rejoignîmes sur la route. Il avait mis en marche le moteur et il était assis au volant, le visage de nouveau digne. Il s'écria avec agressivité :

« Alors ? Dépêchez-vous !

— J'aurais bien besoin d'aller voir un médecin. Des années à te supporter et à me disputer avec toi... ce doit être une maladie rare », grommela le Duc avant de me lancer un clin d'œil assorti d'un sourire.

Il était presque trois heures du matin. Tout ce qui se produisit ensuite – la course désespérée dans le lacet de la colline et le long des avenues jusqu'au bar de la gare pour y boire de la vodka, du café et encore de la vodka parmi des serveurs qui remuaient balais et sciure, puis les accès de colère de l'ingénieur et les paroles bienveillantes du Duc – tourbillonnait devant moi comme une tornade de sable.

Je sens encore sur ma poitrine les secousses qu'oncle Serafino m'infligea à la sortie du café, quand il m'attrapa par le col en hurlant : « Si tu as de l'argent, sors-le ! Immédiatement ! Sors-le ! »

À l'écart, le Duc patientait, attentif.

Les mains de l'ingénieur serraient aussi fort que des tenailles. Tout tremblant, je lui tendis les deux billets de dix mille lires de tante Galla, qu'il fourra dans sa poche, le souffle court.

« Tu as appris quelque chose de plus, neveu ! Tu es content ? Qu'est-ce que tu me veux encore ? Qu'est-ce que tu regardes ? » Il se dirigea à grands pas vers la voiture.

Le Duc me poussa à l'intérieur et me rassura de sa main posée sur mon épaule.

S'asseyant à son tour, il jeta : « C'est terminé, ce cinéma, ingénieur ? Effrayer les innocents... ce n'est pas bien, cela ne te ressemble pas. »

Le front penché sur le volant, oncle Serafino était secoué de sanglots secs.

« Ne souffre pas. De quoi veux-tu souffrir encore... La roue tourne, c'est tout », tenta de le consoler son ami.

On repartit lentement. L'ingénieur conduisait comme si ses mains échappaient à sa volonté et le Duc lisait dans le journal, tout juste acheté à la gare, les nouvelles de la première page. Sans commenter, se contentant d'imprimer un accent ironique à certains mots, à des gros titres, il remplissait l'habitacle de noms et de sonorités qui paraissaient absurdes. Washington, Rome, Katanga : c'était l'écho d'un monde étranger, mais tout aussi fou que le nôtre. Je l'écoutais à travers une membrane de peur, la peau couverte de sueur froide, les yeux et les articulations saturés de Simpamina. Soudain, je m'aperçus que je ne comprenais plus, plus rien du tout…

« Je sais où tu veux aller, mais il est encore trop tôt », lança le Duc à l'ingénieur.

Sous les lampadaires, l'asphalte n'était plus noir, il semblait virer à un gris délavé : la première nuance de gris que la nuit en fuite abandonnait dans son sillage. Après les arcades vinrent des rues étroites, puis une grande place tendue vers une avenue dans laquelle la voiture s'engagea en se dandinant, avant de ralentir parmi les auvents d'un marché désert. Dans ce désordre de cloisons et d'échafaudages apparurent une minuscule trace de lumière, une ampoule pendue à un fil, et, au-dessous, un tas de melons. Assis sur un cageot, un homme surveillait les fruits tout en lisant le journal.

« Ce soir aussi ? Tu pourras toujours t'arrêter au retour », suggéra le Duc, et la voiture accéléra.

Nous nous immobilisâmes devant un bar. Quelques silhouettes pressées le long du comptoir se tournèrent vers nous et prononcèrent des saluts impénétrables à la vue de l'ingénieur.

Le Duc traîna deux chaises sur le trottoir.

« Terminus. Tout au moins je l'espère, dit-il. Sais-tu qui nous attendons ? L'autobus des joueurs de retour de Saint-Vincent. L'ingénieur use ses dernières batteries en jouant aux dés avec eux. Il faut les voir : ils sont tous fauchés, on dirait des boiteux livrant la bataille du Piave. »

Oncle Serafino sortit du bar muni d'un plateau sur lequel reposaient un café et des brioches. Il me le tendit avec délicatesse, cherchant mon regard de ses yeux dévastés, et murmura timidement :

« Courage, cela te fera du bien, mange. Sois gentil, ne m'abandonne pas à la honte... »

Je pris le plateau. Voyant mes mains occupées, il tira les deux billets de dix mille et les fourra dans la poche de ma veste.

« Tais-toi, tais-toi, je t'en prie, ne parlons plus », chuchota-t-il à grand-peine.

Le Duc intervint alors avec une foudroyante sagacité :

« Donne-moi les clefs de la voiture. Quand le petit aura mangé sa brioche, je le raccompagnerai. Il est temps, pour lui. Toi, tu m'attends ici, bien sûr. Je reviens tout de suite.

— Bien sûr, ah oui, merci. Mais ensuite, nous deux...

— D'accord, je t'accompagnerai à l'autre cave. »

En vain j'attendis que le Duc me livre quelques confidences en voiture : il sifflait doucement entre ses dents, comme si cela l'aidait à résister à la fatigue. Il ne dispensa pas la moindre syllabe pour évoquer ce qui s'était produit, ni l'endroit où il se rendrait ensuite avec oncle Serafino.

Nous traversâmes un vaste parc. Les troncs noirs des arbres jaillissaient de l'herbe désormais claire, ils se multiplièrent sur le trajet menant à un arc double, à un mur derrière lequel s'étendait une place.

Quand nous eûmes atteint la grille de la maison, l'homme crut bon, enfin, de m'adresser quelques mots.

« N'y pense plus, ne te laisse pas empoisonner, dit-il d'un ton las. Tu as une petite tête qui marche bien, ne te mets pas dans le même sac que nous. Nous appartenons à une autre race. Nous sommes différents. Peut-être pires, en tout cas différents. »

***

Je peux désormais éteindre, me coucher, essayer de dormir. Le gazouillis des moineaux se réchauffe sous les premiers rayons de soleil. Il est six heures. Annetta repoussera peut-être mon premier café à plus tard, puisque ce matin je ne suis pas obligé de sortir pour les examens.

Je suis encore parcouru de frissons, dernier effet de la Simpamina. Il faudrait que je me lave les dents, mais je sais que je n'ouvrirai pas la porte, que je ne m'engagerai pas dans le couloir. Rien, pas même un coffre rempli d'or, ne m'incitera à explorer une nouvelle fois la maison, de pièce en pièce, d'armoire en armoire.

Mon extrême faiblesse m'amène à considérer tante Galla comme la seule présence bienveillante entre ces murs. Mais aurai-je la force de faire appel à elle ? Plus rien ne sépare ce que je suis maintenant de mon avenir, pas même la protection de l'argent de ma mère, plus rien ne me défend, ni l'ordre mélancolique d'un pensionnat, ni l'affection et les conseils d'êtres chers.

Tante Galla ignore tout, doit tout ignorer ; d'ailleurs, je préférerais me couper la main plutôt que de lui rapporter ce que j'ai découvert, le peu que j'ai découvert.

Mais l'ingénieur ? Est-il, lui aussi, assuré de mon silence ?

Le professeur a bougé.

Ses pieds s'agitent au-dessus du plafond, légères et frêles pattes d'oiseau ; soudain, un bruit sourd retentit, un talon abattu en guise de protestation, sous l'effet de la rage, ou un choc...

S'énerve-t-il parce que oncle Serafino ne lui a pas encore servi son café ? Ou est-il victime d'un malaise ?

J'ai l'impression de percevoir un ruissellement, le son rauque de la nausée, ainsi qu'un gémissement atroce, le gémissement d'un chien enfermé dans un sac.

De nouveau, le silence.

Je ferme les yeux. Mes paupières ne me protègent pas de la lumière, le sommeil chemine dans mon corps mais se dissipe une fois parvenu à la hauteur de mes tempes. Cependant, je suis si fatigué que la peur n'a plus de prise sur moi : on dirait qu'elle m'a abandonné ; et puis, ce n'est plus cette peur qui m'assaillait le cœur et les nerfs, c'est une peur dilatée qui stagne dans l'air de la chambre, dans toutes les fissures de cette maison.

Samedi 7 juillet

Tout s'est consumé cette nuit, après que le Duc et Luigi, le serveur, eurent ramené à bout de bras l'ingénieur Calandra, ou peut-être seulement son fantôme.

***

J'ai été le premier à me réveiller : dehors, la voix du Duc appelait désespérément. Puis les pas de tante Galla et d'Annetta, qui se ruaient dans les couloirs, m'ont tiré du lit. Il était presque une heure.

À la salle à manger, oncle Serafino reposait déjà dans un fauteuil. Il y gisait, tordu comme une racine, l'œil vitreux entre ses paupières mi-closes, ses belles mains inanimées sur ses genoux. Son visage était livide dans la lumière, comme si on l'avait recouvert de blanc de céruse. Les rides qui sillonnaient son front et ses joues évoquaient les fissures arides d'un vase, et seule les brèves intermittences de son souffle trahissaient, dans ce corps, un signe de vie.

« Pourquoi ? Pourquoi ? » s'écriait, en larmes, tante Galla, dont les doigts s'efforçaient en vain de réunir les pans de son peignoir. « Et toi, espèce d'idiote, va chercher de l'eau de Cologne, du vinaigre, fais quelque chose ! »

Mais Annetta ne comprenait pas, elle virevoltait de la porte à la table, puis jusqu'au seuil de la cuisine, bouleversée elle aussi par le peu d'apparence humaine qui restait à la macabre silhouette qu'on avait déposée sous la corolle du lustre.

« Ce n'est pas le cœur. Ces signes-là… ce ne sont pas de mauvais tours que lui joue son cœur, répétait le Duc dans un enchevêtrement de mots. Nous étions tranquillement assis au café, comme d'habitude. Certes, il ne parlait pas et il était plus sombre que d'habitude… d'une humeur différente depuis hier soir, je m'en aperçois maintenant… Luigi venait de nous servir à boire, n'est-ce pas Luigi ? L'ingénieur boit, se lève et s'effondre soudain au sol, mais pas comme s'il avait un malaise, ou une attaque : il se roule, s'agite et rue sur le taureau en laiton, entre les dalles des arcades, vous comprenez ? Comme s'il voulait l'arracher, le dévorer… Il en voulait au taureau, à ce taureau ! Nous le relevons, le faisons asseoir, lui donnons un vermouth et ainsi de suite, mais il ne prononce pas une syllabe, il ne fait plus un geste. Il reste pétrifié. Il ne résiste pas : on aurait dit une statue. Il n'est donc pas épileptique. Je pense que ce sont les nerfs. Quelque chose aux nerfs, ou un coup de chaleur. Qu'est-ce cela pourrait être d'autre ? »

J'ai regardé Luigi, debout dans son coin : l'air égaré, il remuait la tête, les mains en croix sur le plastron rigide de sa chemise. Annetta jaillissait de la cuisine avec des linges imbibés d'eau et une bouteille, elle nous observait l'un après l'autre comme si elle attendait que nous volions à son secours en lui donnant de nouveaux ordres.

« Je vis donc parmi des imbéciles ! Les serviettes de service ! » s'indignait tante Galla, qui repoussait ces chiffons. Agenouillée devant son mari, elle priait d'une voix inquiète : « Pourquoi est-ce que je n'ose pas te toucher ? Pourquoi ? Ô Sainte Vierge… », puis elle se tordait les doigts après les avoir tendus en vain vers la poitrine de l'homme.

« Mieux vaut ne pas lui donner à boire. Au café, nous n'avons pas réussi à faire couler le vermouth entre ses dents. Il les serrait comme un étau. À mon avis, il n'y a qu'une chose à faire : l'allonger sur son lit avec une poche de glace et attendre demain. C'est une congestion, rien de plus qu'une congestion due à la chaleur. Ce ne peut pas, ce ne doit pas être autre chose ! » insistait le Duc en s'agitant, comme en proie à une colère impuissante. Puis il ajouta, plus calme : « Mais si vous le voulez, je peux téléphoner à un médecin, aux urgences… »

Je ne savais ni comment ni où me placer dans l'air étouffant et aigre de cette pièce, parmi ces vieux visages terrifiés, dans le désordre des chaises écartées, des serviettes jetées, des bouteilles ouvertes et abandonnées sur la table ou par terre. Les taches bariolées des peignoirs de tante Galla et d'Annetta brillaient ridiculement dans la lumière. Je me sentais vulnérable, vêtu de mon seul pyjama.

Nous regardions tous le visage d'oncle Serafino, une croûte, un carton inanimé et sans relief sur lequel on aurait tracé des sourcils et des lèvres, en équilibre précaire sur le col de sa chemise.

Et maintenant tante Galla gémissait sans que personne ait le courage de l'interrompre : « Tu es à la maison, ingénieur, tu vois ? Tu es à la maison. Tu la reconnais ? Dans ton beau fauteuil. Pourquoi gardes-tu le silence ? Tu ne veux plus nous parler ? Personne ne te fera de mal, non, personne. Tu es chez toi. Veux-tu que nous te laissions ? Dois-je renvoyer tout le monde ? Veux-tu rester seul ? Tu as très mal à la tête ? Allez, ne sois pas méchant, dis-nous un mot, juste un mot. Ou fais-nous un geste de la main, hein ? Oui ? Un seul geste pour que nous comprenions que tout va bien. Tu ne vois pas tes amis, ton neveu ? Ô sainte créature, regarde-moi ! Ne m'accable pas de toutes ces peurs, non, non... »

L'attention douloureuse du Duc se concentrait elle aussi sur ce refrain comme sur un ultime espoir. Luigi s'était rapproché de la porte : on aurait dit qu'il voulait s'enfuir, disparaître. Annetta avait cessé de courir, elle marmonnait des mots hostiles dans l'ombre.

À genoux, tante Galla avait marqué une courte pause pour reprendre haleine. C'est alors que les paupières de l'ingénieur se sont contractées et que ses doigts ont couru sur ses lèvres. Ses veines ont palpité telles les branches sèches d'un arbuste, chaque brindille demeurant isolée dans son frisson d'air, et les pupilles ont enfin regardé droit devant elles, unique signe de vie dans ce masque. Elles n'étaient pas posées sur nous, mais sur un mystérieux point dans le vide, elles semblaient occupées à puiser dans le corps la lymphe qui ravivait peu à peu le regard. Celui-ci a finalement recommencé à briller, goudron liquide.

Nous n'avons pas été capables de faire un geste, de prononcer un mot ; tante Galla elle-même s'était écartée et assise sur ses talons.

L'ingénieur a desserré les lèvres tout doucement, comme si cela lui coûtait un immense effort. Les yeux fixes, la bouche ouverte, il a affronté la lumière de la pièce. Enfin, sa langue est apparue, aussi lente et grasse qu'une humeur, elle s'est immobilisée un instant puis s'est mise à ondoyer d'un mouvement lubrique, tentacule qui dressait sa pointe afin de goûter l'air environnant et se rétractait aussitôt...

« Non, ingénieur, non ! » Tel fut le cri hébété de tante Galla, qui reculait sans même tenter de se redresser.

Le Duc et Luigi s'étaient rapprochés, mais la voix fluette de l'ingénieur les a arrêtés, elle a fauché tante Galla, qui s'est écroulée sur le côté, les oreilles entre les mains :

... ma chandelle est morte
je n'ai plus de feu...*

Il n'avait pas rentré sa langue, et ces syllabes horriblement pâteuses sortaient à grand-peine de sa gorge pour se déverser sur nous, comme mortes.

Puis il s'est de nouveau tassé, le menton sur la poitrine, l'œil hagard. Les sanglots hystériques de tante Galla ont rempli la pièce.

« Vite, venez avec moi ! Venez vite avec moi ! » m'a lancé Annetta, dont la main s'est agrippée à mon coude telle la morsure d'un chien.

J'ai traversé le couloir tandis que le Duc et Luigi, haletants, relevaient ma tante.

Une fois à l'étage, j'ai vu qu'Annetta avait un balai entre les mains.

« Regardons. Allez, regardez ! » m'a-t-elle exhorté, pâle mais soutenue par une immense rage.

J'avais l'impression de ne plus avoir de sang dans les veines. Je me suis penché sur l'œil magique. Il n'y avait pas de lumière dans la chambre du professeur, et aucun bruit ne s'en échappait.

« Il faut pourtant qu'il se montre. S'il croit qu'il va pouvoir dormir comme ça ! Je vais le caresser comme il se doit, ce gorille ! » s'est exclamée d'un ton hargneux Annetta tout en abattant sur la porte le manche du balai, de plus en plus haletante.

« Debout ! Lève-toi ! Dis quelque chose, montre-toi, démon ! » criait-elle, impitoyable.

Puis elle a cessé de taper, et il m'a semblé entendre dans le silence un gémissement étouffé ainsi que, peut-être, le grincement du lit.

« Au jardin ! La véranda est fermée, je m'en suis aperçue, mais courez dans la rue, vite ! Escaladez la grille et montez l'escalier… De là-haut, vous pourrez tout voir ! »

Elle a encore assené un coup de pied à la porte avant de me pousser devant elle.

Alors que je me précipitais à l'extérieur, j'ai entrevu dans un éclair tante Galla assise, les mains sur les tempes, et le Duc, agenouillé entre elle et la silhouette extatique de l'ingénieur.

Luigi m'a emboîté le pas et, obéissant sans comprendre aux exhortations furibondes d'Annetta, m'a aidé à grimper sur la grille.

De pâles taches de lumière lunaire parsemaient le jardin. Sur le trottoir, Annetta m'encourageait en frappant les barreaux de son balai, indifférente aux questions inutiles du pauvre Luigi.

Parvenu à l'escalier, j'ai constaté que les marches étaient enfoncées presque jusqu'en haut. Seules les deux ou trois dernières, vaguement dessinées par la lune, paraissaient encore intactes.

Je me suis penché pour examiner le bois pourri et j'ai compris qu'aucun outil ne l'avait brisé : on n'y voyait pas de coupures nettes. C'étaient des mains qui avaient arraché et fracassé ces planches, je me demande avec quelle fureur…

***

« Je vais bien. Je ne pleure plus. Ne vous inquiétez pas pour moi », disait tante Galla, debout près de la table, quand nous sommes rentrés.

Désormais, le Duc osait tout juste poser les yeux sur l'ingénieur, hébété dans son fauteuil, prisonnier d'un voile de sommeil.

« Je vais bien, a répété tante Galla. Il faut aller à l'étage maintenant. Mon Dieu, il faut y aller. »

Sans un tremblement, ou presque, elle a écarté le bras droit de son mari et a tiré délicatement de sa poche un trousseau de clefs. L'ingénieur était toujours plongé dans son hypnotique nullité.

« Monsieur Sergio et toi, venez, a-t-elle murmuré à l'adresse du Duc et de moi-même en se dirigeant vers l'escalier. Et vous deux, gare à vous si vous quittez cette pièce ! »

Sur son visage opaque que crèmes et poudres ne protégeaient plus, ses cernes enflés nous ont scrutés avec sévérité, comme pour mesurer notre effroi.

« Dieu miséricordieux, disait-elle encore en gravissant l'escalier, le souffle court comme à son habitude, mais à présent libérée de toute crainte. Dieu sauveur, aide-nous, Vierge bénie, protège-moi... »

Au bout du couloir, elle a introduit avec fermeté les clefs dans chaque serrure et a poussé la porte. Avant même que sa main ne presse l'interrupteur, la puanteur bestiale de cette pièce nous a assaillis : une insupportable odeur d'urine, de pourriture et d'exhalaisons corrompues.

Pris à la gorge, je me suis abrité derrière le Duc, lorgnant à l'intérieur avec angoisse.

La chambre était toute petite – le cube d'une cellule, pas plus –, et il y avait sur le lit une femme, dont les jambes et les bras énormes, nus, étaient écartés et attachés par plusieurs tours de corde ; elle avait le visage à moitié enseveli sous un gros bâillon en éponge que fixaient des bandes de sparadrap.

Ses gémissements désespérés m'ont donné la sensation que les murs et le plafond tournoyaient et se renversaient.

Tout en jurant, le Duc s'était précipité pour défaire les nœuds. Tante Galla, qui sanglotait et prononçait d'âcres invocations, a ouvert la porte de la minuscule salle de bains déserte ainsi que les fenêtres, frissonnant, tournant à vide sur elle-même sans plus oser toucher une chaise, la table, derniers objets encombrants de cet antre inanimé...

La robe de chambre du professeur pendait à un clou, chiffon inutile…

Puis tous deux se sont rués dans l'escalier, le Duc portant à grand-peine dans ses bras la femme libérée qui se plaignait faiblement, tandis que tante Galla s'empressait de la couvrir d'un drap crasseux arraché au lit.

Demeuré sur le seuil, j'ai entendu les hurlements menaçants du Duc, qui injuriait cette misérable créature et lui imposait le silence, ainsi que le cri de tante Galla, sec, tremblant : « C'est ma faute ! J'aurais dû comprendre ! C'est ma faute ! »

Mais aussitôt après : « À la cuisine, monsieur Sergio, à la cuisine, à droite. Pauvre Iris… »

Je me suis jeté en avant, sans avoir le courage de lancer un dernier regard à la chambre.

« Ne bougez pas d'ici ! » Dans le couloir, tante Galla poussait Luigi vers la salle à manger et le fauteuil de l'ingénieur. Asseyez-vous et ne le quittez pas des yeux, c'est compris ? »

À la cuisine, Iris, abandonnée entre une chaise et la table, ne parvenait pas encore à s'épancher dans les pleurs. Un sanglot étranglé déformait son visage moribond tandis que le Duc, muni d'une serviette, lui humectait les épaules et les poignets, marqués par les longues traces bleuâtres de la corde.

« Ceux qui ne comprennent pas sont fautifs ! C'est ma faute ! » criait encore tante Galla. Puis elle a ordonné à Annetta, qui préparait de la camomille sur le gaz : « Dehors, dehors ! File à l'étage et range immédiatement cette chambre. Mets des draps et des taies d'oreillers propres ! Et toi aussi, Tino, sors d'ici ! »

J'ai suivi Annetta. Ensemble, nous avons contemplé les détails de cette horrible tanière.

Anéantie, la pauvre femme n'arrivait ni à parler ni à bouger, comme si un fardeau l'empêchait de franchir le seuil.

« Le diable..., a-t-elle fini par murmurer pour revenir à la raison. Le diable, voilà ce qu'il était... »

Enfin, elle a commencé à s'affairer, maniant le balai. Elle grognait : « J'avais envie de le dire, moi, mais qui m'aurait écoutée ? Mille fois, j'ai flairé le diable en lui. Pour sûr, c'était lui ! »

De la porte, je voyais les murs crasseux, barrés de grandes inscriptions et de traces de doigts noires, un vers de Dante horriblement pastiché, et plus loin le début d'un Évangile, où un terme répugnant remplaçait le mot « Verbe »... Partout, sur la table et par terre, jusque sous la fenêtre, jusqu'à la salle de bains, des mégots de cigares et de cigarettes, des cartes à jouer, des écorces de melon, de vieilles coupures de presse, une grosse boîte bourrée de sous-vêtements féminins déchirés et tachés, des bouteilles vides, des mécanismes de vieux jouets en morceaux, une locomotive, une grue...

Seul un animal fou avait pu accumuler dans cette pièce ce sinistre butin, vivre et se rouler dans les ordures et le chaos sordide de cette couche.

Les objets reposant sur une étagère en bois que j'avais vus du balcon – une trompette en fer-blanc, un coquillage, un microscope – flottaient à présent sur le naufrage de la chambre, telles des dépouilles précieuses, mystérieusement épargnées, dignes d'un meilleur sort...

L'odeur persistait, malgré la fenêtre ouverte, me rappelant la piste d'un cirque quand les bêtes sauvages, entassées sur la sciure, la souillent.

« Le diable… »

Plus furieuse qu'effrayée, Annetta balayait en pleurant sur le passé et le présent, sur l'horreur que constitue l'homme et sur l'impuissance des forces célestes, cependant elle a fini par s'arrêter, abasourdie comme moi devant le portrait de tante Galla, sur le mur, dont le cadre était surmonté d'un bouquet de fleurs sèches.

La figure juvénile de la femme avait été plusieurs fois maculée par des griffonnages au crayon. Moustache, poils de barbe et cornes profanaient ses traits pâles, le dessin délicat du menton, la douce courbe des lèvres. Mais, glissé dans le coin du cadre, il y avait également une minuscule image de Serafino enfant, les mains jointes, le regard perdu au-delà du bord de la photographie, vers le visage de tante Galla, les genoux fléchis en un acte de contrition et de chagrin…

Agitant son balai avec dégoût, Annetta poussait vers moi mille saletés, un livre d'Einstein bourré de formules mathématiques, dans les marges et entre les lignes duquel se pressaient des obscénités et des blasphèmes, de vieilles revues françaises et des emballages de médicaments, encore une combinaison, d'autres écorces de melon, une ceinture, une descente de lit en poil de chien-loup que les années et les mites avaient réduite à l'état de loque, le sac d'Iris…

« Regardez ça, quelle honte ! Je comprends maintenant pourquoi il était aussi rose et frais qu'un nouveau-né le matin. Jugez de ce scandale ! Voilà donc ce qu'il me faut voir à mon âge… Je préférerais être morte, oui, morte et enterrée ! » Annetta sortait de la salle de bains en jetant sur le sol fards et crèmes, un mélange de flacons, boîtes, pots d'onguents...

« Vite, allez trouver votre tante, allez lui raconter ça ! m'a-t-elle lancé sans parvenir à détourner les yeux de ce désastre. Et voyez ce qui se passe en bas, si ce Lucifer dort encore... Un jour ou l'autre, il aurait fini par nous égorger toutes les deux ! »

(... J'ai beau réfléchir, je n'arrive pas à comprendre pourquoi aucun d'entre nous, pas même le Duc, n'a été effleuré par le doute dès l'instant où la porte de cette chambre s'est ouverte. Moi-même, bien que prisonnier de ma peur, je n'ai pas éprouvé la moindre surprise alors que tante Galla dévoilait cette cachette et balayait tout soupçon concernant le professeur. Je ne me suis pas hasardé à bâtir d'hypothèse sur la disparition ou sur la fuite de l'autre, le jumeau qui, nous le savons maintenant, n'a jamais existé.

Soit la vérité nous a tous broyés avec la force immédiate de ses mâchoires sans nous offrir le luxe d'éprouver ne serait-ce qu'une infime stupeur, soit tante Galla – et cette maison –, en acceptant l'invraisemblable avec une extraordinaire promptitude, a désamorcé inconsciemment nos questions, notre curiosité...)

***

« Je n'ai jamais servi à rien, mais à partir de maintenant... », achevait tante Galla.

Nous étions réunis à la salle à manger. Emmitouflée sur un fauteuil, Iris répondait aux questions du Duc, posant de temps à autre le regard sur l'ingénieur endormi pour l'en détourner aussitôt.

« Non, il ne m'a jamais battue. Il ne manquerait plus que ça... Il a été sage et gentil pendant toutes ces années, j'avais confiance en lui, bien sûr, et maintenant... Mais quel jour sommes-nous ?

— Samedi, je te l'ai déjà dit », a répondu le Duc. Il avait le visage blême, dix ans de plus entre les rides qui pleuvaient de chaque côté de sa bouche.

« Les choses n'en resteront pas là. Même si je devais en crever. Séquestration de personne, voilà... », insistait Iris, sans force. Ses yeux noirs semblaient énormes sous ses cheveux filasse, sa voix était brisée. « Il m'a attachée jeudi, je croyais que c'était pour rire... Il mangeait des melons sous mon nez alors que je mourais de soif... Je veux le voir à l'asile pour criminels.

— Oui, oui, c'est ça, finis ton cognac, cela te fera du bien. Et ne perds pas la tête », commentait le Duc pour la contenter.

J'ai entendu Luigi, le serveur, marmonner dans un coin : « J'ai fait deux guerres, et je n'ai jamais eu aussi peur que cette nuit. »

Tante Galla s'était levée pour fouiller dans un tiroir, elle l'a refermé à clef et, tandis qu'elle se rasseyait, je l'ai vue dissimuler quelque chose dans les plis de son peignoir. Elle ouvrait la bouche quand un geste du Duc l'a devancée.

« Bon, résumons-nous, a-t-il dit, réagissant à la fatigue. Ce n'est pas que nous voulions nier les dommages. Les dommages existent. Mais tout s'est bien terminé, n'est-ce pas, Iris ? Une bonne nuit de sommeil, demain un bon petit repas, et tu seras encore plus en forme qu'avant. Pourquoi te fourrer dans le pétrin avec des plaintes, avec la police ? Qu'est-ce que tu y gagnerais ? Des ennuis, des questions et des interrogatoires... Ces gens-là ne nous laissent aucun répit, tu devrais le savoir... Nous allons faire comme ça... »

Iris a montré ses poignets bandés à l'aide de mouchoirs. Elle avait beau être épuisée, elle était incapable de renoncer à l'offense et aux soupçons qui enflammaient ses yeux, lui durcissaient les traits. Elle s'est écriée :

« Ah oui ? Et ça, alors ? Il faudrait en plus que je m'excuse et que je dise merci ?

— Baisse le ton. Tu as l'intention de réveiller ce monsieur dans son fauteuil, ou quoi ? Laisse-moi terminer. On te dédommagera, puis je te conduirai chez toi, et tu pourras commencer une nouvelle vie. Que veux-tu de plus ? Que peux-tu exiger d'autre ? »

La femme secouait sa tête ébouriffée. Réprimant un tremblement, elle essayait de réfléchir.

« Bien sûr, c'est facile pour vous de dire que tout est terminé, de dire d'accord et bien le bonsoir, maintenant. Et si j'avais passé l'arme à gauche dans cette porcherie ? Qu'auriez-vous fait ? Les choses sont toujours très simples pour vous. Quoi qu'il en soit, je tiens à préciser que je n'ai pas encore prononcé le mot "plainte".

— Madame Iris, a commencé alors tante Galla, je vous comprends, vous savez. Il y a manière et manière, et vous n'avez certainement pas envie de me refuser la charité chrétienne pour un pauvre malade. Écoutez, Monsieur Sergio va vous raccompagner gentiment. Et voici pour vous. Vous les compterez plus tard et vous verrez que c'est une somme plus que raisonnable. Et cela aussi. » Elle avait plongé la main dans la manche de son peignoir pour en tirer les billets et le collier. « C'est de l'or, les diamants sont tous authentiques, un bijou de famille, demandez donc à un joaillier de confiance de l'estimer. Préféreriez-vous une jolie montre ? Vous voyez bien que je comprends. Mettez-vous l'âme en paix et ne songez qu'à vous rétablir. Voilà, mon neveu vous a rapporté votre sac. Tout y est ? Bien. Vous savez ce que nous allons faire ? Donnez-moi votre numéro de téléphone, on ne sait jamais, si j'avais besoin de vous...

— Moi ? Remettre les pieds ici ?

— Le temps passe, la mémoire est courte, tout peut arriver. Allons, allons, mademoiselle, courage ! » a répondu tante Galla en trouvant la force de sourire.

Luigi a soutenu Iris jusqu'à la porte tandis que le Duc adressait un dernier mot à tante Galla, avec une complaisance – à moins que ce ne fût qu'une simple humanité tourmentée, selon quels critères pourrais-je le juger, de surcroît aujourd'hui ? – qui virait à la rudesse.

« Deux cents ? disait-il. Bien sûr que cela suffit. Pour deux cent mille lires, cette fille accepterait de faire le gardien de nuit devant votre porte, et en aboyant qui plus est... Je l'emmène chez moi, mieux vaut ne pas la laisser seule jusqu'à demain matin, elle pourrait se fourrer je ne sais quelles idées dans la tête... Je m'occuperai de Luigi, ayez confiance. Et maintenant, si j'ai bien compris, il faut nous dire adieu, tous les deux, n'est-ce pas ? Aussitôt dit aussitôt fait. J'ai accompli ma bonne action et je peux me laver les mains comme Ponce Pilate... Mais croyez-moi ou non, je tiens à vous le dire quand même : j'aurais préféré un coup de couteau dans le foie à une nuit de ce genre… »

Je l'ai accompagné à sa voiture. Il a attendu d'avoir installé Iris et Luigi pour se tourner vers moi.

« Tu as compris la musique, mon garçon ? Un homme a un ami avec qui il a partagé trente années de sa vie, il s'imagine qu'il sait tout de lui, et voilà que se produisent ces choses incroyables… Et dire qu'il m'aurait suffi d'une seule confidence, d'une seule, pour tout comprendre… Disons-nous adieu, nous ne nous reverrons sans doute pas. »

Tout en soupirant, il a tiré son portefeuille de sa poche et y a puisé une liasse de chèques.

« Prends-les, fais-les fructifier auprès de ta tante. Moi, je ne sais plus que faire de ce genre de crédits ! Fourre-les dans ta poche, vite ! Tu ne vas pas être frappé d'imbécillité, toi aussi, surtout pas maintenant ! Et pense à toi. Ce que j'ai vu ce soir m'a permis de comprendre que ta tante est une vraie lionne : elle ne sera pas la première à pleurer. »

Désormais, les visages meurtris de Luigi, le serveur, et d'Iris, à l'intérieur de la voiture, m'étaient irrémédiablement étrangers. J'ai senti un frisson me parcourir le dos.

Alors qu'il mettait le moteur en marche, le Duc a cru bon d'ajouter quelque chose :

« Si tu le peux, plie bagage, ne reste pas un jour de plus dans cette maison. Tu n'aurais pas une camarade de classe un peu polissonne qui t'aiderait à sauter le pas ? Et quand tu te trouveras un ami, ne tombe pas dans le piège comme moi, ne fais pas de quartier : renie-le avant que ce soit lui qui le fasse… »

Je suis rentré à temps pour voir, dans l'escalier, tante Galla et Annetta qui soutenaient et poussaient prudemment l'ingénieur vers la chambre.

« Voilà, bien, comme ça. Nous y arrivons, tu vois ? Oui, attention, dans une minute tu seras bien installé dans ton beau lit propre... », l'encourageait tante Galla.

La tête renversée sur une épaule, oncle Serafino soulevait les pieds à grand-peine en produisant un balbutiement plaintif, enfantin.

Je me suis caché les yeux afin de ne pas voir, de ne pas pleurer. J'ai attendu tout le temps qu'il a fallu aux deux femmes pour déshabiller et coucher l'ingénieur, sortir dans le couloir, fermer la porte à clef.

***

Il est presque quatre heures du matin, les lumières pâlissent le long de l'escalier et dans la salle à manger ; assises à la cuisine, tante Galla et Annetta avalent des tasses de camomille dans de longs silences. J'ai quitté et regagné ma chambre plusieurs fois, incapable de supporter un calme aussi artificiel. Les deux femmes semblent avoir décidé tacitement de passer debout la dernière partie de cette tragique nuit.

Elles ne me prêtent pas la moindre attention, et l'idée de m'offrir de la camomille ne les a même pas effleurées. Les rares paroles qu'elles échangent, glaciales sous la lampe, les coudes figés sur le dessus en marbre de la table, m'épouvantent.

« Il faudra que je me lie d'amitié avec un médecin », vient de dire tante Galla.

Que sait-elle, savait-elle ou croyait-elle savoir ? Qu'ont-elles pu soupçonner ou deviner, Annetta et elle, tout au long de ces années ?

Et en admettant qu'elles aient vécu dans une mer d'innocence et de crédulité, pourquoi ne pleurent-elles plus, ne se désespèrent-elles pas, n'invoquent-elles pas leurs saints maintenant ? Annetta n'a-t-elle donc plus de voix pour exprimer son indignation, sa rage, son acrimonie ?

Sont-elles déjà parvenues à ménager à ces événements une place silencieuse dans les cercles de leur logique ? La résignation des femmes possède-t-elle vraiment cette force sublime qui consiste à se soumettre aux faits, à se les approprier pour la raison, justement, qu'ils sont mystérieux et éternels ?

J'ai entendu Annetta évoquer une porte, à la cave, qu'il serait facile d'emprunter pour sortir et rentrer en toute discrétion à n'importe quelle heure du jour... Mais ni tante Galla ni elle n'a poursuivi ce discours. Peut-être ne leur est-il pas donné, à elles non plus, de nommer ce qui doit encore être exploré par la mémoire, laquelle s'emploie en secret à maîtriser les innombrables pièces du jeu qu'oncle Serafino a conduit pendant des années.

Demain, tante Galla voudra certainement me parler, et il me faudra évoquer les chèques, mon argent envolé. Cette pensée ne me libère ni ne me fortifie, elle ne fait qu'enrouler une chaîne supplémentaire autour de moi. Mais ai-je le choix ? Devrais-je, peut-être, profiter de cette aube grise et du fait que les deux femmes sont recluses dans la cuisine pour prendre dans la bonnetière du salon ce qui me revient de droit, selon le serment qu'oncle Serafino m'a imposé ? Et puis m'enfuir comme un voleur ? Oui, j'ai juré, et le conseil du Duc résonne encore dans mes oreilles : je pourrais me décider à rafler un peu d'argent et déguerpir, monter dans le premier train pour Gênes ou pour Rome... D'autres ne s'en priveraient pas, à ma place...

Et mes études alors ? Et l'université ? Les oraux commencent dans six jours...

Je n'entrevois pas de secours, de présage bienveillant. Plus que jamais, je dépends de tante Galla, de son autorité, de son bon sens, de ses possibles extravagances.

« Tais-toi ! Que peux-tu savoir des hommes ? As-tu jamais été regardée une seule fois ainsi que regardent les hommes, les maris ? » À la cuisine, tante Galla a violemment réduit au silence Annetta, qui avait marmonné je ne sais quoi.

J'essaie de reconstruire dans mes souvenirs l'itinéraire quotidien de Serafino Calandra, qui sortait de chez lui en tant qu'ingénieur du gaz, avec la bénédiction satisfaite de sa femme, et rentrait aussitôt – à travers le jardin ou par la porte de la cave en question – pour se tapir et se farder dans sa folle niche, où il clignait de l'œil, buvait, mangeait et s'adonnait à ses vices, égaré dans l'oisiveté et la saleté, avec ses disques d'insectes, ses chaussettes bleu pâle dépassant de sa robe de chambre.

C'est lui qui a brisé avec fureur l'escalier de bois dans le jardin, au risque d'abîmer ses mains délicates, lui qui a verrouillé la porte de la véranda : il m'avait donc soupçonné, démasqué. Et pourtant il me semble qu'il a tenté de se dévoiler dans les heures qu'il destinait au tourment de la pauvre Iris... Je rumine les confidences glanées au cours des deux nuits que nous avons passées au café et dans les tripots en cherchant le fil de son obscur penchant pour la vérité, pour la reddition…

Mais peut-être espérait-il poursuivre cette vie, tourner en ridicule les attentions de son prochain pendant vingt années de plus en multipliant au fil du temps intrigues et actes hypocrites ?

Pouvons-nous aujourd'hui attribuer à la seule démence sa décision lucide et ancienne de mener un autre genre d'existence, de survivre au-delà de sa propre personne et de l'unique image qu'on accorde à un homme ?

Il est possible aussi que la folie se soit abattue sur lui au cours de ces derniers jours, malgré tous les efforts qu'il déployait pour durer, pour maîtriser le rôle qu'il s'était choisi, à l'intérieur comme à l'extérieur. Le danger qu'Iris a couru en serait la preuve…

Je n'arriverai jamais à dissiper tous ces doutes, maintenant que la malheureuse douceur de l'ingénieur s'est enfuie, franchissant une frontière qui nous exclut tous, et que, loin de s'évanouir, le cauchemar de ces interminables journées s'ancre en moi, chez ces deux femmes, entre les murs de cette maison.

Quelqu'un franchira-t-il le seuil de cette pièce ? Un visage ami, un prêtre, un jeune homme, une présence appartenant à cette ville qu'il m'est désormais impossible, je le sais, d'affronter comme je le devrais ?

Et encore : réussirai-je un jour à m'arracher à cette histoire par un rire, à la jeter gaiement par-dessus mon épaule ? Ou m'attarderai-je dans sa trame ensorcelée d'incertitudes, de silences, de folie ?

Demain, ou après-demain, je tâcherai d'obtenir d'Annetta une confidence que je n'ai pu lui soutirer que vaguement, dans la véranda, concernant la lointaine nuit où l'ingénieur introduisit dans cette chambre son jumeau inexistant... Elle vient juste d'évoquer en un marmonnement cet épisode, les voyages que l'ingénieur effectuait autrefois, s'absentant un jour ou deux, puis régulièrement, pour se rendre à Gênes, dans une clinique où l'homme était hospitalisé après son retour d'Afrique. Enfin, un matin, les deux femmes avaient accueilli la nouvelle : le professeur se trouvait à la maison, dans cette pièce qu'on apprêtait depuis des mois et qu'on estimait perdue pour l'attente...

Une lumière viciée stagne derrière la fenêtre ; dans le jardin, les gazouillis des moineaux sont encore faibles et craintifs. L'orage que tante Galla a invoqué il y a plusieurs jours éclatera peut-être. De l'autre côté de la grille, les squelettes des antennes éparpillées sur les toits prennent consistance.

Ainsi, ce matin, tante Galla apportera le premier café dans cette chambre. Et Serafino ? Quel regard aura-t-il à son réveil ?

J'aimerais tant parler à quelqu'un, à l'homme sain et désabusé que j'ai aperçu dans le Duc...

Mais je suis là, fatigué et sans sommeil, dans ce pyjama qui me gêne aux aisselles et à l'aine, à remâcher le mystère de cette clarté laiteuse de femme qui est apparue au professeur derrière les volets de la maison d'en face...

De nouveau, j'entends la voix de tante Galla dans la cuisine : « La chandelle est courte et la procession est longue... »

Je n'ai plus la force de combattre ma peur : je nage dedans comme dans le seul élément qu'on ait bien voulu m'octroyer, un élément naturel et donc irremplaçable. Il me semble que je ne pourrai aborder aucun autre secret, que rien d'autre ne m'arrivera, sinon la répétition plus ou moins identique de cette histoire, la seule que le monde des adultes a su m'offrir en guise d'apprentissage.

Impression réalisée par

BRODARD & TAUPIN

La Flèche (Sarthe), 65032
Dépôt légal : septembre 2011

X05201/01

Imprimé en France